집집마다 평온하기를,

2024년 2월

Kim 유담 🗝

스페이스 M

스페이스 M

김유담

위즈덤하우스

1

연순은 분리의 달인이 됐다. 신지유가
아무렇게나 던져놓은 쓰레기를 꼼꼼하게
분류해 매뉴얼대로 배출하는 것은 연순의
업무 중에서 가장 중요한 일이었다.
쓰레기마다 배출하는 방법이 각각 달랐다.
빈 페트 용기에 어떤 스티커도 남지 않게
떼내야 했고, 택배 박스는 운송장 스티커나
테이프를 모두 제거한 뒤에 접어뒀다. 우유

팩과 유리병은 모두 깨끗하게 헹궈 말렸다. 유리병에 붙은 스티커를 제거하는 게 특히 번거로운 일이었다. 유리병을 세척하기 전에 스티커가 깔끔하게 떨어지면 그렇게 기분이 좋을 수가 없었다. 손톱으로 긁어도 깨끗해지지 않는 와인병을 물에 불려서 끈적하게 붙은 스티커 자국을 일일이 벗겨내려면 꽤나 품이 들었다. 연순은 바닥에 기름이 눌어붙은 참기름병, 올리브유, 아보카도 오일병 입구에 뜨거운 물을 넣어 여러 번 헹구다가 혼잣말을 중얼거렸었다. 이렇게 물을 많이 쓰는 게 환경에 더 해를 끼치는 건 아닐까. 신지유는 자신의 집에서 내놓는 공병이 바로 상품을 담아 팔아도 괜찮을 정도로 깨끗하길 원했다.

연순은 신지유의 집에서 가사도우미로 일했다. 청소와 빨래가 주 업무였다. 택배 정리와 식재료 관리도 연순의 몫이었다. 집 앞에는 신지유에게 협찬을 제안한 여러 회사에서 보낸 택배 박스가 쌓여 있었고, 신지유가 가입한 유기농 협동조합에서 매주 제철 식재료가 꾸러미에 담겨 배달됐다. 주로 샐러드와 과일 등 생으로 먹는 식재료들이 많아서 연순은 그것들을 받자마자 깨끗이 손질해 냉장고에 넣어두곤 했다. 꾸러미 안에 조리가 필요한 식재료가 있을 때면 연순이 요리를 해주기도 했다. 신지유는 체중 관리에 신경 쓰느라 하루에 한 끼 정도 겨우 먹었다. 조합에서 보내준 식재료를 다 먹지도 못한 채 유통기한을 넘기는 일이 잦았고, 그런 것들은 모두 연순의 차지가 됐다. 신지유는 남은 식재료를 그냥 가져가도 된다고 했지만 연순은 매번 확인을 받았다. 못난이 호박과 벌레 먹은 상추 같은 것들을 사진 찍어 신지유의 카카오톡에 전송하고는 물었다.

오늘 못 먹으면 버려야 할 거 같은데
가져가도 되나요, 배우님?

신지유는 메시지에 제때 대답을 한 적이
거의 없었다. 그래도 메시지 옆에 숫자 1이
사라진 걸 확인하고 나서야 연순은 그것들을
챙겼다. 따로 싫다는 의사가 없다면 괜찮다는
의미였다. 신지유는 배우님이라는 호칭으로
불리는 걸 좋아했다.

신지유는 10년 전 걸그룹으로 데뷔했고,
아이돌 활동 당시에는 크게 주목받지 못한
멤버였다. 그녀가 속한 걸그룹이 데뷔 5년
만에 해체된 뒤로 신지유는 배우로 전향해
그럭저럭 활동을 이어갔지만 지금과 같은
톱스타는 아니었다. 걸그룹 출신 조연 배우로

나이 들어가던 신지유가 유명세를 타게 된
것은 2년 전 혼자 사는 모습을 보여주는
예능 프로그램에 출연하면서부터였다.
당시 신지유는 환경보호 활동에 남다른
애착을 보이며 집 안의 쓰레기를 완벽하게
분리배출하는 모습으로 큰 화제를 끌었다.
신지유가 방송에서 사용하던 각종 비건
화장품과 비건 생필품은 방송 직후 주문이
폭주했고, 그녀는 비건 전도사, 에코 셀럽으로
여러 미디어에서 호명되기 시작했다.

　　당시 신지유의 당산동 투룸 오피스텔로
일주일에 두 번씩 출근하던 연순은 신지유의
실상을 잘 알고 있었다. 방송에 나와 살림을
잘하는 척 연기하는 신지유의 모습이
연순에게는 어설프기 짝이 없어 보였으나
대중은 열광했다. 연출의 힘인지도 몰랐다.
카메라가 반짝거리는 싱크대와 부엌의

살림살이를 먼저 훑었고, 침실로 들어와 각이 잘 잡힌 침구류를 보여줄 때는 로맨틱한 음악이 깔렸다. 깨끗하게 씻어 말려둔 우유 팩이 조명을 받아 더 하얗게 보였다. 완벽하게 정리 정돈된 신지유의 오피스텔 구석구석에 연순의 손이 닿지 않은 곳이 없었다.

촬영 일주일 전 소속사의 지침에 따라 오피스텔 전체의 가구 배치를 바꾸고 화장대의 모든 화장품을 비건 제품으로 바꾸면서 신지유는 투덜거렸다. 소속사 사장은 연순을 불러 신지유에게 우유 팩을 씻어 정리하는 법과 양말을 꿰매는 법을 가르치라고 했다.

"그게 뭐 따로 배울 게 있는 일인가요?"

연순이 의아하다는 듯 되묻자 소속사 사장이 연순에게 눈을 부라리며 소리쳤다.

"아줌마처럼, 아주 능숙하게 착착착착!

손에 익은 사람처럼 하는 법을 가르치란
말이야. 이게 어떻게 잡은 기회인데, 아줌마의
책임이 막중하다고요.. 정신 바짝 차려요!"

신지유는 불퉁한 얼굴로 심통을
부리면서도 연습에 충실했다. 방송에서 우유
팩을 빠르게 잘라 펼쳐 정리하고, 구멍 난
양말을 꿰매 신는 신지유의 모습에 사람들은
친근하고 야무지다는 반응을 보였다. 그
방송을 계기로 신지유의 인기가 급상승했다.
신지유는 각종 친환경 제품의 광고 모델로
발탁됐고, 주말 드라마의 주연으로도
캐스팅됐다. 억척스럽고 생활력 강한 막내딸
역할이었다. 신지유가 주연을 맡은 주말
드라마는 시청률 40퍼센트라는 경이로운
기록을 세우며 국민 드라마라는 호칭까지
얻었다.

예능 한 편으로 사람의 팔자가 바뀌다니,

연순은 연예계의 메커니즘이 그저 신기하기만
했다. 실제 신지유는 방송에 공개된 것처럼
혼자 사는 것도 아니었다. 신지유는 강명우와
동거 중이었는데, 방송에서는 그 흔적을
말끔하게 지웠다. 강명우는 신지유와 10대
시절에 같이 연습생 생활을 했던 두 살
어린 동생이었다. 많은 아이돌 연습생이
그렇듯 강명우도 데뷔의 기회까지는 얻지
못했고, 소속사에서 방출되는 수순을 겪었다.
강명우는 군대에 다녀온 후 다른 소속사 몇
군데를 기웃거리다가 그마저도 여의치 않게
되자 강남의 호스트바에 나가기 시작했다.
신지유는 그런 강명우의 처지를 안타까워하며
종종 연락을 주고받다가 어느 순간부터
정이 깊어졌다. 강명우는 신지유와 사귀기
시작하면서 유흥업소 일은 하지 않기로
했고, 업소에서 마련해준 숙소에서도 나왔다.

강명우가 신지유의 집에 들어온 후로 연순의 일거리도 늘어났다. 신지유가 원래 집안일에 소질이 없고 게으르긴 해도, 집을 작정하고 엉망진창으로 만들어놓지는 않았는데 강명우와 같이 살게 되면서부터 집이 쓰레기장이나 다름없어졌다. 연순은 일주일에 두 번씩 그 집에 출근할 때마다 곳곳에 널브러진 술병과 방바닥에 굴러다니는 휴지와 과자 봉지, 식탁에 먹던 모양 그대로 남겨둔 배달 음식 찌꺼기 등을 치우며 한숨을 쉬곤 했다. 그래도 신지유는 스케줄도 성실하게 나가고 오디션도 여기저기 보러 다니고, 열심히 사는 편인데……. 성격이 변덕스럽기는 해도 강명우처럼 대책 없지는 않은데 왜 저런 녀석을 만나서……. 연순은 신지유와 강명우의 사이가 마뜩지 않았다. 보통 연순이 청소를 하러 가는 낮 시간에 신지유는 스케줄을

위해 나가거나 일이 없을 때는 헬스장에
가서 운동을 했다. 하지만 강명우는 침대에
누워 이불을 끝까지 뒤집어쓴 채 휴대폰을
들여다보느라 꿈쩍도 하지 않았다. 신지유가
예능 프로그램 촬영을 위해 대대적인 집
정리와 청소를 한다는 명목으로 강명우를
내보낸 일주일 동안 연순은 강명우의 흔적을
열과 성을 다해 지웠다. 집 안의 잡다한 것과
강명우가 쓰던 물건 들을 모두 버리면서 속이
시원했다. 이 기회에 강명우를 이 집에서
치워버리면 딱 좋겠다는 생각이 들었다.

2

연순의 기대와는 달리 예능 촬영팀이
떠난 그날 저녁 강명우는 신지유의 집으로
돌아왔다. 방송 이후 신지유가 인기를 얻어

바빠지면서 강명우 혼자 집에 있는 시간이 길어졌다. 강명우가 집을 독차지하니 집 곳곳이 더 엉망진창이 돼버렸다. 몰래 담배까지 피우는지 화장실과 거실에서 퀴퀴한 냄새마저 났다. 참다못한 연순이 집이 너무 더러워서 시간 내에 치울 수 없을 정도라고 이야기하자 신지유는 돈을 더 올려주겠다고 말했다. 그런 뜻이 아니었는데……. 연순은 자신의 말이 의도와 다르게 전해진 것에 당황하면서도 일당을 올려주겠다는 제안은 거절하지 못했다.

처음에 신지유는 환경보호에 관심 있는 셀럽 콘셉트로 연기를 하는 것에 불과했다. 그러나 어느 순간부터 환경보호에 진심으로 임하게 됐다. 신지유의 에코라이프를 실현하는 데에는 연순의 노동이 뒷받침돼야 했다. 집에서 쓰는 모든 청소 세제까지 친환경

제품으로 바꾸면서 연순의 청소 시간도
늘어났다. 락스 몇 방울로 금방 제거될 얼룩도
신지유가 들인 프랑스제 친환경 욕실 세제로
닦다 보니 훨씬 더 오래 문질러야 했다.
신지유는 늘어나는 노동 시간만큼 시급을
추가로 지불할 테니 기존에 쓰던 세제를 모두
버려달라고 했다. 이 독한 세제를 쓰지도 않고
그냥 내다 버리면 이건 어디로 흘러가게 되는
걸까 하는 생각이 들었지만 연순은 조용히
신지유가 하라는 대로 따랐다.

　　연순은 낮 시간에는 가사도우미 일을
하고 저녁에는 집 근처 고깃집에서 설거지를
했다. 일을 마치고 집에 돌아온 연순은
퉁퉁 부은 다리를 주무르며 딸에게 푸념을
늘어놓았다. 신지유가 왜 강명우 같은
놈팡이와 사귀는지 모르겠다고, 신지유와
같은 걸그룹에서 활동하던 다른 멤버는 재벌

3세를 만나 결혼해 연예계를 은퇴했는데 왜
뼈 빠지게 벌어 그런 형편없는 녀석을 먹여
살리는지 모르겠다고 혀를 쯧쯧 찼다. 얼굴
반반한 거 외에는 내세울 게 하나도 없는
녀석이라고 강명우의 험담을 하는 연순에게
딸이 말간 웃음을 지으며 말했다.

"잘생겼다며? 그러면 된 거지. 나는
오히려 재벌 며느리보다 신지유가 부러운데.
인생은 신지유처럼! 하고 싶은 일 하면서
잘생긴 남자랑 즐기고 사는 삶!"

하나는 피식 웃으며 다시 바늘을 들었다.
손바닥만 한 가죽 조각을 이어 붙여 필통을
만드는 연습을 한다는 딸을 연순은 말없이
바라보았다. 번듯한 대학 병원에 취업해
간호사로 일하던 하나가 직장을 그만두고
가죽공예를 배우겠다고 선언했을 때가 떠올라
열불이 터졌다. 연순은 엄마가 고생하는 게

눈에 보이지 않느냐며 펄쩍 뛰어도 봤고, 좋은 남자 만나 결혼할 때까지만 버텨보라고 어르기도 했다. 아무리 화를 내거나 애원을 해도 통하지 않았다. 딸이 학창 시절부터 가방 디자이너가 되고 싶어 한 건 연순도 알고 있었다. 산업디자인학과에 가고 싶어 했던 하나에게 우리 형편에 미대가 말이 되느냐며 간호대학 진학을 종용한 이는 연순이었다. 딸은 대학을 졸업하고, 직장 생활을 하면서도 꿈을 포기하지 못한 눈치였다. 이제 더는 딸을 말릴 수 없다는 생각에 연순은 속이 상했다. 세상에 너와 나, 단둘밖에 없는데 내가 너에게 나쁜 길을 권했을 리 없지 않겠니. 엄마가 다 너 잘되라고 했던 말인데. 전문직을 얻어야 대우받을 수 있다는 걸 연순은 예순에 가까워지는 나이까지 남의 집 일을 다니면서 처절하게 느꼈다. 이제 취업도 했으니 둘이서

열심히 벌어 멀쩡한 집이라도 한 채 마련하고
싶은 엄마의 마음을 이렇게나 몰라준단
말인가. 하나가 회사를 그만둔 뒤로 연순은
신세 한탄이 잦아졌다.

  인생은 신지유처럼, 연순은 신지유가
내놓은 내추럴 와인 빈 병 스티커를 손톱으로
뜯어내면서 딸의 말을 곱씹었다. 하고 싶은
일로 성공한 삶을 살면서 취향에 맞는 애인을
사귀는 게 왜 불행한 일이냐고 되묻던 하나의
말이 가슴 한구석을 쿡 찔러댄 듯 아팠다.
하고 싶은 일을 못 하게 막는 엄마를 만나
주눅 들어 커가면서 제대로 된 연애도 한번
못 해본 딸이 문득 안쓰럽게 느껴졌다.
하나의 말이 왠지 자신을 원망하는 말처럼
들리기도 했다. 하나는 6개월 과정으로 가방
디자인 학원에 다니다가 작은 가방 회사에

취직했다며 집에서 나가 독립하겠다고 말했다. 이미 회사 근처에 집부터 계약해놓고 나갈 날짜를 통보하는 딸에게 서운한 마음이 들었지만, 이제 연순은 딸의 결정에 어떤 영향력도 행사할 수 없었다. 딸은 성수역 근처에 자그마한 원룸을 얻어 지내면서 성수동 가죽거리에 있는 수제 가방 전문 회사로 출퇴근할 거라고 말했다. 아직 실습생 신분이라 월급은 적지만 제대로 일을 배울 수 있는 곳이라며, 가방 디자이너로 성공해 보란 듯이 효도하겠다는 하나 앞에서 연순은 쓸쓸하게 웃었다. 하나가 초등학생 때 남편이 간암으로 세상을 떠난 뒤 파출부며 식당 일이며 마다하지 않고 몸을 써서 돈을 벌어왔다. 아이가 비뚤어지지 않고 자라 엄마의 바람대로 간호대에 가준 것만으로도 감사해야 할 일이라는 건 연순도 알았다.

그래도 어렵게 대학 공부를 마치고 대학 병원에서 경력까지 쌓았는데 가방 회사에서 박봉의 실습생으로 다시 시작하겠다는 딸을 보면 애간장이 탔다. 너도 신지유처럼, 네 멋대로 살아보고 싶다는 거니. 연순은 딸이 자취방에서 덮을 이불을 손질하며 혼잣말을 중얼거렸다.

3

연순은 딸에게 매일 카카오톡 메시지를 보냈다. 밥은 먹었느냐고, 방이 춥지는 않느냐고 물었고, 출근길에 본 꽃이나 고양이 사진 같은 것들을 보내기도 했다. 연순은 대여섯 번 보내면 한 번 정도 겨우 딸에게 답장을 받았다. 잘 지내고 있으니 걱정하지 말라고, 엄마도 식사 잘 챙겨 먹으라는 짧은

답이라도 받으면 그나마 마음이 놓였다.

가끔씩 하나가 먼저 연락을 헤올 때도

있었다. 하나는 신지유의 가방 사진을 찍어서

보내달라는 부탁을 했다. 연순은 신지유 몰래

명품백을 꺼내 가죽 클리너로 반질반질하게

닦은 후 딸이 원하는 대로 여러 각도에서

사진을 찍어 보내줬다. 더러 딸은 지퍼나

버클의 디테일, 내부 안감의 박음질 등을

클로즈업해 찍거나 가방 곳곳을 촬영한

동영상을 전송해달라고 할 때도 있었다.

신지유가 과거에는 들고 다녔지만 환경보호

전도사가 된 이후에는 집에서 먼지만

쌓여가던 가방이 대부분이었다. 신지유는

이제 명품백 대신 에코백을 들고 다녔다.

　　신지유가 지방 촬영으로 며칠 집을

비우자 강명우도 본가에 가겠다며 커다란

캐리어에 짐을 싸서 나갔다. 연순은 내심

잘됐다는 생각을 하며, 개운한 마음으로 미뤄둔 대청소를 하기로 했다. 청소기를 밀고 있는데 앞치마에서 진동이 느껴졌다. 딸에게서 온 메시지 알림이었다. 하나는 며칠 전에 사진을 보내준 샤넬 클러치 내부를 다시 한번 촬영해달라고 부탁했다. 연순은 메시지를 보자마자 청소기 전원을 끄고, 드레스룸으로 달려갔다. 아무리 찾아봐도 그 클러치가 없었다. 지난주에 동영상을 찍었던 디올 토트백도 사라졌다. 강명우를 의심할 수밖에 없었다. 드레스룸 한구석에 내던져진 채 먼지만 쌓여가던 가방들이 각이 잡히고 반질반질해지자 어딘가에 내다 판 게 분명했다. 그러고 보니 강명우의 휴대폰에서 당근, 당근 하는 알림 소리가 부쩍 잦아졌다는 게 생각났다.

신지유는 예정된 것보다 하루 더 일찍 서울로 돌아왔다. 비가 너무 쏟아져서 촬영 일정이 바뀌었다고 했다. 현관으로 들어선 신지유는 그사이 집이 어쩜 이렇게 깨끗해졌냐며 반색했다. 어지르는 사람이 없었으니 깨끗한 거죠, 연순은 목구멍까지 차오른 말을 삼켰다.

신지유는 끌고 들어온 짐 가방을 풀지도 않은 채 피곤한 기색으로 소파에 드러누웠다. 연순은 신지유의 캐리어를 힐끔거렸다. 저 안에 밀린 빨래가 가득 들어 있을 텐데, 얼른 가방을 열어 빨래를 해치워버리고 싶었다. 하지만 그보다 더 급한 건 신지유가 아끼는 가방들의 행방이 묘연하다는 사실을 알리는 일이었다. 연순이 주변에서 눈치를 보며 서성이자, 신지유가 이상한 눈길로 쳐다보았다.

"이모님, 저한테 하실 말씀 있으세요?"

"그게, 실은……. 드레스룸에 있던 명품백이 보이질 않아요. 여러 개가 한꺼번에 사라진 게 아무래도……."

침묵이 길게 흘렀다. 강명우를 언급하지는 않았지만 신지유는 이미 알아들었다는 듯 고개를 끄덕였다. 연순은 가방이 사라진 사실을 지체 없이 신지유에게 알리는 게 중요하다고 생각했다. 강명우의 도둑질을 모른 척했다가 괜히 자신이 뒤집어쓸 가능성이 높았다. 오랜 시간 가사도우미 일을 하면서 겪어온 일이었다.

다음 날, 강명우가 환하게 웃는 얼굴로 집에 돌아왔다. 요가매트 위에서 스트레칭을 하고 있는 신지유를 보며 강명우가 다정한 목소리로 말을 건넸다.

"어? 누나 서울 언제 왔어? 메시지 보내도

연락 없길래 계속 촬영 중인가 했지."

"어제. 촬영 일정이 변경돼 일찍 왔어."

"연락하지 그랬어? 누나 일찍 오는 줄
알았으면 나도 어제 올 걸 그랬어. 얼마나
보고 싶었는데!"

강명우는 신지유에게 다가가 볼을 비볐다.
연순은 신지유가 강명우를 밀어내고 뺨이라도
한 대 칠 줄 알았는데 신지유는 배시시 웃으며
강명우를 끌어안았다. 연순은 강명우를
추궁하기는커녕 평소보다 더 살갑게 구는
신지유를 보며 혀를 끌끌 찼다. 강명우가 집에
돌아와 봉변을 겪게 될 광경을 내심 기대한
것이 허무해질 정도였다. 신지유가 녀석에게
온갖 저주를 퍼붓고 쫓아내는 꼴을 직접 보고
싶었는데, 그녀는 사람 좋은 웃음만 짓고
있었다. 어차피 이미지 때문에 들고 다니지도
못할 명품 가방이라 쿨하게 구는 걸까. 연순은

신지유가 속없이 구는 모습을 보면서 괜히
자존심이 상하는 기분이었다.

4

한 달쯤 지났을 때였다. 연순에게 모르는
번호로 전화가 걸려왔다. 고깃집 일을
마치고 난 뒤라 밤 11시가 넘은 시각이었고,
이제 바로 집 앞 골목에 다다른 참이었다.
너무 늦은 시간이라서 전화를 받을까 말까
고민했던 연순은 신지유의 목소리를 듣고
당황했다.

"이모님, 저 지유예요. 따로 할 이야기가
있어서요."

"네, 무슨 일이세요? 이거 누구 전화예요?"

연순은 또 뭔가 없어진 건 아닌가 하는
생각에 마음이 덜컥했다.

"제 전화요. 번호 바꿨어요. 다시 저장해주세요."

"아, 네."

신지유가 목소리를 낮춘 채 말했다. 연순은 골목길을 천천히 걸어가며 저도 모르게 같이 목소리를 낮춰 대답했다.

"실은 부탁드리고 싶은 게 있는데 다음 주부터 저희 집 풀타임으로 매일 와주실 수 있을까 해서요. 주 2회에서 주 5일제가 되면 아마 다른 일을 그만두셔야 할 거 같고요, 페이는 원래 받으시던 것보다 더 올려드리려고 해요. 제가 본격적으로 유튜브를 하려고 하는데, 집 청소를 매일 할 여력이 없을 것 같아서요."

"네, 가능은 한데…… 아시다시피 그 집에 굳이 제가 매일 출근해서 일을 할 필요는 없을 것 같은데요……."

"다음 주에 저 넓은 집으로 이사 가거든요. 주소 찍어드릴게요. 다음 주부터는 그쪽으로 출근해주세요."

연순은 전화를 끊고 난 후 신지유가 보내준 주소지와 지금 사는 집까지의 거리를 가늠해보았다. 예전보다 20분은 더 걸릴 것 같았다.

신지유는 서울숲을 지척에 두고 한강이 보이는 방 세 개짜리 아파트로 이사했다. 대출을 끼기는 했지만 난생처음 제 이름으로 집을 샀다며 뿌듯한 표정을 지었다. 연순은 새집에 첫 출근을 하게 된 것을 기념해 사 온 두루마리 휴지를 본인이 직접 뜯어 화장실에 걸었다. 앞으로 더 좋은 일만 생길 거라는 덕담을 건넨 연순은 빠르게 집 안 곳곳을 훑었다. 이삿짐 정리가 제대로 되지 않은 상태라 할 일이 많아 보였다. 통창으로 환한

햇살이 드리우면서 거실에 먼지가 둥둥
떠다니는 게 선명하게 보였다. 연순은 팔을
걷어붙였다. 정리 정돈과 청소라면 자신이
있었다. 출퇴근 시간이 늘어나긴 했지만,
연순은 신지유의 새집이 마음에 들었다. 이
집에 강명우가 없다는 게 무엇보다 기뻤다.
신지유는 전화번호를 바꾸고 강명우의 번호는
차단해버렸다고 했다. 혹시라도 강명우가
이곳을 알아내 찾아오더라도 절대로 문을
열어줘서는 안 된다는 신지유 앞에서 연순은
그 어느 때보다 고개를 힘차게 끄덕였다.

리셋, 이라고 신지유는 밝게 웃으며
말했다. 모든 인간관계를 리셋- 하고 새롭게
출발할 거라는 신지유의 표정이 홀가분해
보였다. 새집에서 걸그룹 시절의 이미지를
벗고 소신 있는 배우이자 인플루언서로
새로운 삶을 시작할 거라고 다짐하듯

말하는 신지유를 보며 연순은 싱긋 미소를
지었다. 연순도 신지유가 인기 스타가 된
것이 기특하고 대견했다. 그러다가 문득
하나의 얼굴이 떠오르자 입꼬리가 어색하게
내려갔다. 리셋의 기회 같은 건 한 번도
누려보지 못한 딸을 생각하면 마음 한편이
씁쓸해지는 것 또한 어쩔 수 없었다.

5

　　이제 연순은 주 5일제, 나인 투 식스의
근무 스케줄로 신지유의 집으로 출근했다.
이사 초기에는 온 집 안을 정리하느라
하루가 모자랐는데 한 달이 되지 않아
집은 말끔하게 정리가 됐고, 아무리 열심히
쓸고 닦아도 오전이면 집안일이 끝날 때가
많았다. 그럼에도 신지유는 연순이 매일

나와주길 바랐다. 신지유는 자신의 일상을 촬영해 정기적으로 유튜브에 올렸고, 집 안 곳곳이 촬영 장소로 활용됐다. 먼지 한 톨 없이 깨끗한 상태로 생활공간이 유지되려면 하루 종일 상주하면서 가사를 돌보는 사람이 필요했다. 유튜브 채널 구독자들은 깔끔한 집 상태에 감탄하며 신지유의 부지런함, 살림 솜씨를 상찬하는 댓글을 달았다. 사실 신지유는 살림에 서툴기도 한 데다가 바쁜 스케줄 때문에 집에 돌아오자마자 그냥 쓰러지다시피 하는 일이 다반사였다. 신지유는 집에서 손가락 하나 까닥하기 싫어했고, 연순이 하루만 출근하지 않아도 이 집은 엉망이 되곤 했다. 신지유가 매일 에코 라이프를 실천하고, SNS 활동을 하기 위해서는 연순이 필요했다. 유튜브 화면 속의 그림 같은 집을 유지하려면 얼마나 많은 시간과 노고가 필요한지 모르는 사람들은 SNS에서 신지유를 치켜세우기 바빴다. 그들에게 칭찬 세례를 받기 위해 신지유는 연순을 고용한 것이다.

연순은 신지유의 아파트에서 가장 오랜 시간을 보내며 그 공간을 공들여 꾸미는 사람이었다. 오전에 출근해 이곳저곳을 쓸고 닦고 나서 점심을 느지막이 먹고 치운 후에도 퇴근 때까지 시간이 남는 경우가 많았다. 그럴 때면 거실 창가에 서서 한강을 오래 바라보며 커피를 마셨다. 집에서 가지고 온 믹스커피였다. 신지유는 친환경 농법으로 생산한 공정 무역 커피 원두를 사다가 집에서 마시곤 했는데, 연순의 기준으로는 양이 적은 데 비해 가격이 말도 안 되게 비쌌다. 신지유는 얼마든지 마셔도 괜찮다고 했지만, 남의 집에 와서 그런 비싼 커피를 축내는

건 가당치 않은 일이었다. 연순의 입맛에는
달짝지근한 믹스커피가 더 좋았다.

　신지유가 집에 없는 날이면 연순은
퇴근 시간이 지난 후에도 그 집에서 시간을
보내다가 돌아가기도 했다. 거실 창에 붙어
서서 눈앞에 펼쳐진 한강의 야경, 한강
변을 달리는 자동차 행렬의 불빛을 바라볼
때면 감상적인 기분이 들었다. 수억 원의
프리미엄을 주고서라도 한강 조망권이 있는
집을 사고 싶었다는 신지유가 처음에는
이해가 가지 않았는데, 자신에게도 선택권이
있다면 뷰가 좋은 집을 원했을 것 같았다.
거실 창을 열면 다닥다닥 붙은 옆 건물이
시야를 가리고 있는 낡은 다세대주택이
연순의 거처였다. 그래도 하나가 있어서
온기가 돌았던 집이었다. 딸과 함께 살던
시절에는 10분이라도 집에 일찍 돌아가려고

서둘렀는데, 이제는 불 꺼진 집에 혼자 들어가
잠드는 일상이 헛헛하게만 느껴졌다.

하나에게서 일주일 넘게 연락이 없었다.
신지유가 이사를 하면서 그동안 소장하고
있던 명품 가방을 모두 기부했다고, 앞으로
사진을 찍어 보내주기 어렵게 됐다는
메시지를 보낸 뒤로 하나의 연락이 점차
뜸해졌다. 처음에는 괘씸하고 서운하다가
나중에는 걱정이 됐다.

엄마가 너 사는 집에 한번 갈게.

연순이 메시지를 보내자 하나가 전화를
걸어온 것이 그들의 마지막 통화였다. 김치와
밑반찬을 갖다주겠다고 하자, 하나는 극구
사양하며 쉬는 날 자신이 집에 오겠다고
말했다.

"언제 쉬는데? 너 사는 데가 성수동이라며. 엄마 일하는 지유 씨네 집에서 멀지 않으니까 엄마가 갖다줄게. 너 어떻게 사는지도 한번 보고 싶어."

"아니야, 엄마 번거롭게 그럴 거 없어요. 그렇지 않아도 집에 한번 가려고 했어. 다음번 휴무일 때 다시 연락할게요."

"그게 언제인데?"

하나는 연순의 물음에 대답하지 않은 채 먼저 전화를 끊어버렸다. 매정한 년, 반찬 안 갖다주면 나야 편하지. 딱히 아쉬울 게 없다고 속으로 생각하다가도 연순은 다시 심란한 마음이 들었다. 왜 자취방에 엄마를 못 오게 하는 걸까. 혹시 엄한 놈을 만나 동거라도 하는 건 아닐까. 신지유가 부럽다고 했던 하나의 말이 떠오르면서 별의별 상상이 이어졌다. 잠을 자다가도 하나 생각에

꿈자리가 뒤숭숭해지곤 했다. 하나가 먼저
연락할 때까지 그냥 둬야겠다는 다짐을 잊고
다음 날이면 또 하나에게 메시지를 보냈다.
바쁘면 반찬 택배로라도 보낼게. 택배로
보내주면 먹을래? 하나는 끝까지 답이 없었다.

6

얼마 지나지 않아 신지유에게 새 애인이
생겼다. 연순이 아침에 현관문에 들어섰을 때
못 보던 남자 신발이 놓여 있었다. 큼지막한
운동화였다. 주방 식탁에는 어젯밤 그들이
먹다 남은 와인과 음식 들이 요란하게 차려져
있었다. 연순이 와인잔과 식기 들을 소리
나지 않게 조심스럽게 치우던 중에 안방에서
팬티 차림의 남자가 나왔다. 남자는 연순을
보자마자 깜짝 놀라며 방으로 다시 들어갔다.

잠든 신지유를 깨우는 모양이었다. 어서
일어나보라는 남자의 목소리가 다급하게
들려왔다. 연순은 무덤덤한 얼굴로 하던 일을
계속했다.

"괜찮아, 집안일 도와주는 이모님이셔.
입이 무거우신 분이야. 어디 가서 이 집에서
보고 들은 얘기 하실 일 없어."

로브 가운을 걸친 신지유가 거실로
걸어 나오며 깔깔 웃었다. 남자는 어느새
바지와 셔츠까지 갖춰 입고 신지유 옆에
서 있었다. 키가 크고 눈매가 선한 인상의
청년이었다. 준수한 얼굴이었지만 냉정하게
말해 신지유가 그간 만나온 남자들에 비하면
외모가 떨어지는 축이었다. 신지유는 그동안
늘 기생오라비 뺨칠 정도로 곱상하게 생긴
남자들만 만나왔다. 그런 연순의 속내를
눈치챘는지 신지유가 장난스럽게 웃으며

말했다.

"이모님, 인사하세요. 이쪽은 이선호 대표. 공부 되게 잘하게 생겼죠?"

"아니, 소개가 좀 이상한데? 공부 잘하게 생겼다는 말은 욕 아냐?"

"그게 왜 욕이야? 카이스트 박사 남자 친구. 나는 완전 자랑스러운데?"

신지유가 이선호를 은근한 눈빛으로 바라보며 키득거렸다. 연순은 조용히 고개를 숙이는 것으로 인사를 끝냈고, 고무장갑을 끼고 설거지를 하기 시작했다.

그 뒤로 이선호는 신지유의 집에 일주일에 한두 번씩 드나들다가 급기야는 짐을 싸 들고 들어와 같이 기거하기 시작했다. 애인이 생기면 집에 들여서 동거하다시피 지내는 것이 신지유의 연애 패턴이기도 했다. 카이스트 박사과정에 재학 중인 이선호는 스타트업을 창업하면서 잠시 휴학하고 사업에 매진하고 있다고 했다. 거처는 대전에, 회사는 판교에 있다 보니 오가기가 불편해 당분간 신지유의 집에 머무르며 출퇴근을 할 예정이라고 했지만, 재택근무를 한다는 핑계로 하루 종일 방 안에 틀어박혀 있는 날이 더 많았다.

신지유가 스케줄로 집을 비운 낮에도 이선호가 방 한 칸을 차지하게 되면서 연순은 혼자만의 시간을 빼앗긴 것만 같은 기분이 들었다. 일주일에 두 번씩 반나절 만에 집안일을 끝내고 자리를 떴던 당산동 투룸 오피스텔 시절과는 달리, 신지유가 새집에 이사 온 뒤로는 저녁까지 이곳에 머무르면서 집 안 곳곳을 청결하게 유지하는 것이 연순의 업무가 됐다. 그런 연순에게 이선호는 이 집의 질서를 깨뜨리는 존재나 다름없었다.

이선호가 기거하게 된 후로 변기 닦는 일이 더 번거로워졌고, 쓰레기도 예전보다 늘어날 수밖에 없었다. 식구 한 명이 는다는 것은 1인분의 일거리가 추가된다는 뜻이기도 했다. 일하는 와중에도 연순은 이선호를 계속 의식했다. 자신이 내는 청소기 소리가 재택근무 중인 이선호를 방해하는 건 아닌지 신경이 쓰였다. 설거지를 할 때도 되도록 물을 약하게 틀어놓고 그릇 부딪히는 소리도 최소한으로 내려고 애썼다.

"이모님, 혹시 제가 불편하세요?"

이선호가 서글서글하게 웃으며 연순에게 다가와 물었다. 연순은 선수를 치는 듯한 이선호의 질문에 당황했다.

"아뇨, 그럴 리가요. 대표님이 저 때문에 불편하신 거라도? 제가 일하는 소리 때문에 방해가 되시는 건가요?"

연순은 몸을 낮춘 채 되물었다. 이선호가 연순의 고용인이 아님에도 저도 모르게 이선호의 눈치를 보게 됐다.

"그런 거 전혀 없어요, 이모님. 저 때문에 불편해하시는 일 없었으면 하는 뜻으로 말씀드린 거예요. 물도 얼마든지 세게 트시고, 청소기도 편하게 쓰세요. 저는 고등학생 때부터 기숙사 생활을 해와서 다른 사람들이랑 공간을 같이 쓰는 게 아주 익숙한 사람이거든요. 집에 누가 같이 있다고 해서 제가 해야 할 일에 집중 못하고 그렇지 않아요. 오히려 이모님이 너무 숨죽이고 사시는 것 같아서 그게 더 죄송하더라고요. 저 여기서 지내는 동안 우리 서로 편하게 지내는 게 좋겠어요. 그런 의미에서 점심 안 드셨죠? 같이 짬뽕 시켜 드시는 거 어떠세요?"

"짬뽕이요? 저는 점심 도시락을 싸

왔는데요, 그리고 이 집에서 신지유 씨가 뭐 시켜 먹는 건 질색하셔서. 일회용품 용기 때문에……."

"제가 너무 먹고 싶어서 그래요. 한 그릇만 시키면 최소 배달 금액 충족이 안 돼서……. 그리고 지유한테는 당연히 비밀이죠. 먹고 난 용기는 제가 몰래 나가서 버리고 올게요."

이선호가 눈을 찡긋하며 웃었다. 그 뒤로 신지유가 낮에 집에 없는 날이면 연순과 이선호는 점심을 같이 먹었다. 연순이 싸 온 도시락을 함께 먹는 날도 있었고, 집에 있는 식재료를 이용해 간단한 요리를 해 먹을 때도 있었다. 점심을 차려주면 이선호는 먹고 난 설거지를 본인이 하겠다며 팔을 걷어붙였다. 연순이 당황한 표정을 지으며 아무리 말려도 소용이 없었다.

"맛있는 점심을 얻어먹었는데 이 정도는

해야죠. 제 점심 챙겨주시는 건 이모님 업무에 없는 일이잖아요."

이선호는 고무장갑이 제 손에 맞지 않는다며 맨손으로 싱크대 앞에 섰다. 그런 이선호를 보며 연순이 안절부절못하자, 친환경 세제라 피부 손상이 거의 없다고 너스레를 떨기도 했다. 연순은 이선호가 운영하고 있는 공유 스페이스 스타트업이 어떤 일을 하는 곳인지는 모르겠지만, 그가 꽤 사업 수완이 좋을 거라는 생각이 들었다.

신지유가 있을 때 이선호는 애인과 점심을 먹고, 연순은 혼자 도시락을 먹었다. 이선호가 이모님도 같이 식사하자는 말을 하기도 했지만, 신지유는 "한 번도 그런 적이 없다"며 곤란한 표정을 지었다. 이선호는 연순에게 눈치가 보이는지 언짢은 얼굴이었다. 갑자기 분위기가 냉랭해지자 당황한 연순이 괜찮다며 손사래를 쳤다.
자신은 지금 밥 생각도 없다고, 아침을 너무
많이 먹어서 아직도 배가 부르다며 묻지 않은
얘기까지 늘어놓았다.

이선호와 신지유는 환경보호를 위한
자선 파티 행사에서 처음 만났다. 신지유는
환경보호 활동에 참여하면서 연예계를
넘어 정재계로 인맥을 넓혔고, 그것을
내심 뿌듯해했다. 이선호는 재미로 시작한
가상화폐 투자에서 제법 큰돈을 벌었고, 그
돈을 종잣돈 삼아 스타트업 사업을 시작한
상황이었다. 서촌과 강남에 건물을 매입해
독신자들을 위한 공유 공간을 꾸린 후 월세를
받는 사업이라고, 그가 설명했다.

새로 오픈 준비 중인 선릉역 근처의
공유 스페이스는 직장 근처에 집을 구하는
사회 초년생들을 타깃으로 삼았고, 최근

인테리어에 착수했다는 말을 듣자 신지유는
고개를 갸웃거렸다.

"요즘 젊은 사람들이 다른 사람들이랑
주거 공간을 같이 쓰는 걸 좋아하겠어?"

샐러드를 먹다가 포크를 입에 문 채
심각한 표정을 짓는 신지유를 이선호가
다정하게 바라보며 말했다.

"사회 초년생 중에 도심 오피스 타운
근처에 괜찮은 집을 혼자 힘으로 구할 수 있는
사람이 몇이나 되겠어? 조금 불편한 점도
있겠지만, 그걸 최소로 하면서 좋은 공간을
제공하겠다는 게 내 목표야. 그리고 다른
사람이랑 공간 공유하는 거 좋아하는 사람도
있다? 나처럼. 나는 지유 씨네 집에서 이렇게
지내는 거 너무 좋은데? 지유 씨는 불편한
거야? 설마 나 쫓아내려는 생각은 아니지?"

"글쎄, 하는 거 봐서."

신지유가 장난스럽게 웃었다. 신지유는 이선호를 만나면서 자기가 몰랐던 새로운 세계에 대해 알게 되어서 좋다고 했다. 연순이 봐도 이선호는 신지유가 그동안 만나왔던 날라리 부류들과는 달랐다. 이선호를 보면서 연순은 나도 저런 아들이 있으면 좋겠다는 생각을 처음 해봤다.

아니면, 저런 사위라도……. 인생은 신지유처럼, 이라고 말하던 하나의 얼굴이 다시 어른거렸다. 연순은 딸을 신지유처럼 예쁘게 낳아주지도 못했고, 하고 싶은 일이 있다고 해도 제대로 밀어준 적이 없었다. 아무리 그래도 이렇게 한 달이 넘도록 엄마의 연락을 계속 피하는 건 너무하다 싶었다. 요즘은 메시지를 보내도 확인조차 하지 않는지 카카오톡 메시지 창에 숫자 1이 그대로 남아 있었다. 전화를 걸어도 연결이

되지 않았다. 연순은 며칠만 더 기다려보고
안 되면 하나를 직접 찾아가봐야겠다고
생각했다.

7

　연순은 일전에 하나에게 이불을 부치면서
적어두었던 주소지 쪽지를 손에 쥔 채
지하철역에서 내렸다. 하나의 집은 성수동
가죽거리에서 도보로 20여 분 떨어진 다가구
원룸이었다. 적갈색 건물 입구에서부터 괜히
힘이 빠졌다. 지금 자신이 살고 있는 변두리
동네의 오래된 빌라와 별반 다를 것이 없어
보이는 건물이었다. 간호사로 일하며 모은
돈으로 괜찮은 방을 얻었다고 하더니 고작
이런 데서 살려고 그렇게 극성을 떨면서
나갔나 하는 생각에 속이 뒤집혔다. 먼지가

부옇게 쌓인 낡은 계단을 올라갔다. 하나의
자취방 주소인 301호 앞에 섰을 때 낯선 중년
남자가 문 앞을 기웃거리고 있는 게 보였다.
연순이 남자의 아래위를 훑으며 미심쩍은
눈으로 바라봤다.

남자가 먼저 연순에게 말을 걸었다.

"301호, 여기 사시나요?"

경계하는 표정으로 한 발 뒤로 물러선 채
연순이 대답했다.

"무슨 일이시죠? 여기는 제 딸아이
집인데요."

"임하나 씨가 따님입니까?"

"누구신데 제 딸 이름과 주소를 알고
찾아오신 거죠?"

연순의 앞에 남자가 경찰 신분증을
내밀었다. 남자는 지능범죄 수사팀의
수사관이라고 밝혔다.

"임하나 씨, 지금 집에 있나요?"

"모르겠어요. 저도 하도 연락이 안 돼서 찾아와본 거라……. 그런데 왜 경찰에서 제 딸을 찾아오신 건가요?"

갑자기 기가 죽은 목소리로 연순이 물었다.

"임하나 씨가 일하던 가방 공장에서 가짜 명품을 만들어 전국적으로 유통시킨 사실이 적발됐어요. 가방 회사 사장은 중국으로 도피했고, 직원들도 수사를 받고 있는 상황이에요. 다른 직원들은 수사를 받았는데 하나 씨만 연락이 되지 않아서 제가 이렇게 직접 찾아오게 됐습니다. 혹시 어머님은 알고 계시는 바가 없으신지요?"

"저도 딸이랑 연락이 끊긴 지 보름이 넘어가요. 그런데 가짜 명품이 왜 불법인가요? 너도나도 다 들고 다니는데. 길거리

나가보세요. 진짜보다 가짜를 들고 다니는
사람들이 더 많다고요."

"상표법 위반이고, 지적재산권 침해에도
해당됩니다. 임하나 씨는 직원으로서 단순
가담에 불과했을 텐데 왜 수사에 협조하지
않으시는 건지 모르겠군요. 오히려 이렇게
경찰 출석 요구에 응하지 않다가 괜히 더 큰
범죄 혐의를 뒤집어쓸 수 있다고 어머님이 꼭
전해주세요."

"아니요, 형사님. 그럴 리가 없어요.
하나는 범죄를 저지를 애가 아니에요. 뭘 잘못
알고 계신 거예요."

"네, 자세한 건 수사를 해봐야 알 수 있는
건데 지금 수사 대상이신 분이 연락 두절이니
저희도 답답하군요. 임하나 씨 찾으시면 꼭
저한테 연락 주세요."

남자가 명함 하나를 주고 떠났다. 연순은

다리에 힘이 풀려서 301호 문 앞에 그대로
주저앉았다. 한참 그대로 앉아 있다가
가방에서 휴대폰을 꺼내 하나에게 전화를
했다. 전화기가 꺼져 있었다. 초인종을 눌러도
문을 두드려봐도 집 안에 인기척도 없었다.
불길한 생각이 몰려왔다. 연순은 현관문에
스티커를 붙여놓은 열쇳집으로 전화를 했다.
문을 따서라도 집 안을 확인하고 싶었다.

8

　하나의 방은 좁고 기다란 사각형
모양이었다. 방이라기보다는 조금 널찍한
관짝처럼 느껴졌다. 구석 자리에 싱글 침대가
놓여 있고, 침대 옆으로 좁은 옷장과 화장대가
다닥다닥 붙어 있어서 그 사이를 지나기도
쉽지 않았다. 현관 앞에 붙은 화장실이라도

가려면 침대 위를 걸어 나가는 게 편할
정도였다. 비좁은 집이었지만 청결하고 좋은
냄새가 났다. 연순은 하나가 자신을 닮아
깔끔하고 부지런한 성격이라는 걸 알았다.
연순은 방 안의 청소 상태를 살펴보다가
이곳이 이상할 정도로 말끔하다는 생각이
들었다. 어디론가 작정을 하고 떠난 사람처럼
생활의 흔적이 깨끗하게 지워져 있었다.
연순은 싱크대 쪽으로 다가가 부엌살림을
살펴보았다. 찬장 안에 물기 하나 없는 그릇이
차곡차곡 정리돼 있고, 싱크대 밖으로는
수저 한 벌 보이지 않았다. 냉장고 안에도
밑반찬은커녕 김치 한 쪽 남아 있지 않았다.
음료수 캔 하나와 생수 두 병만 놓여 있는
냉장고 안이 새것처럼 말끔했다. 음식물
쓰레기도 없었다. 옷가지나 이불 등은 작은
옷장에 그대로 있어서 연순은 하나가 거처로

옮긴 곳의 정체가 어디인지 더욱 궁금해졌다.
하나는 어딘가 갈 곳을 정해두고 떠난 것이다.
다른 거처, 가 분명히 있으리라고 연순은
생각했다.

열쇠공을 불러 문을 따기 전까지만
해도 연순은 하나가 사고를 당한 것은
아닌지 걱정이 됐다. 사고나 납치를 당해
연순이 모르는 곳에서 구조를 애타게
기다리고 있을지도 모른다는 생각에 가슴이
쿵쾅거렸다. 하지만 하나의 방 안을 찬찬히
둘러보면서 아이가 자의로 이곳을 떠났다는
게 확실해졌다. 그릇이나 옷가지를 정리해둔
모양새가 하나의 손길 그대로였다. 누군가
하나를 해하고 대신 방 정리를 해뒀다고
보기는 어려울 성싶었다.

하나가 범죄에 연루됐다는 형사의 말이
계속 마음에 걸렸다. 형사의 말대로 단순

가담에 불과하다면 굳이 왜 이곳을 비워두고 떠난 걸까. 수사 과정에서 밝혀지면 안 될 큰 죄가 있는 건 아닐까. 연순은 다시 심장이 쿵쾅거렸다. 아무리 생각해도 하나가 그럴 리가 없었다. 언제나 반듯하고 야무진 아이였다. 만에 하나 그런 일을 저질렀다 해도, 엄마에게는 말했어야지. 연순은 온 집 안을 뒤지며 하나가 어디로 갔는지 단서라도 찾아보려 애썼지만 소용이 없었다. 쓰레기통마저 휴지 조각 하나 없이 비어 있었다.

연순은 다시 하나의 번호로 전화를 걸었지만 소득이 없었다. 형사의 말로는 전화기가 일주일 넘게 꺼져 있고, 카드 사용 내역 등 생활반응에 대한 어떤 흔적도 확인하기가 어렵다고 했다. 나쁜 생각이 스쳐 갈 때마다 연순은 고개를 흔들었다. 연순은 하나가 무사할 거라고, 회사가 시끄러워지니 잠시 몸을 피했을 뿐이라고, 그러니까 하나가 머지않아 나타날 거라고 믿기로 했다. 그래도 살던 방을 빼고 나간 게 아니라면, 아예 떠날 생각은 아니었던 거라고, 연순은 이곳에서 하나를 기다려야 한다고 생각했다.

다음 날, 날이 밝았고, 옆집에서 부산스럽게 샤워를 하는 소리가 벽 너머로 들려왔다. 방음이 제대로 되지 않는 집이었다. 연순은 침대에 가만히 누워 옆방 사람이 샤워를 하고 나와 드라이어로 머리를 말리는 소리를 들었다. 연순도 출근을 해야 했다. 세수라도 하려고 일어났다가 현관문을 보고 얼굴을 찌푸렸다. 뜯겨 나간 문부터 고치는 게 더 급했다.

어제 문을 따줬던 열쇠공에게 전화를 걸어 도어록을 바꿔 달았다. 새로운 비밀번호는 지금 연순이 사는 집과 똑같이 맞추었다. 죽은 남편의 기일이었다. 하나가 돌아와 교체된 도어록을 보고도 당황하지 않기를 바랐다. 눈치 빠른 하나라면 엄마가 다녀갔다는 걸 알아챌 테고 모녀가 같이 쓰던 본가의 비밀번호를 눌러볼 거라는 생각이 들었다. 연순은 하나가 어딘가에서 잘 지내다가 나타나 제 발로 뚜벅뚜벅 걸어올 거라고, 나쁜 일은 절대 일어나지 않을 거라며 최면을 걸 듯 중얼거렸다.

9

연순은 도어록을 다시 설치하고 가느라 신지유의 집에 평소보다 한 시간 늦게 도착했다. 일이 생겨서 한 시간 늦겠다고 메시지를 보냈지만 신지유는 확인도 하지 않은 상태였다. 현관문을 열고 들어섰을 때 부엌에서 물소리가 들렸다. 연순은 이선호가 앞치마를 두른 채 설거지하는 걸 보고 황급하게 싱크대로 달려갔다.

"제가 좀 늦었죠? 죄송해요. 이걸 왜 대표님이 하고 계세요? 제가 할게요."

"아녜요. 아침 간단하게 먹어서 설거지할 것도 얼마 없어요. 지유는 새벽부터 스케줄 나갔어요. 제가 하던 거 마무리할 테니 이모님은 옷부터 갈아입으세요."

이선호가 수세미를 손에 쥔 채 웃다가 연순의 얼굴을 빤히 바라봤다.

"이모님, 그런데 오늘 안색이 왜 이렇게 안 좋으세요? 무슨 일 있으세요?"

걱정스럽게 자신을 바라보는 이선호와 눈이 마주친 순간, 연순은 눈물이 날 것만 같았다. 딸이 실종됐다고, 아니 실종이 아니라 스스로 어디론가 떠난 것 같다고, 연락도 끊기고 행방을 알 수가 없다는 말이 목구멍에서 맴돌았지만 입을 다물었다. 이 상황을 어떻게 이해해야 할지 연순 스스로도 판단이 서지 않는 상황이었다.

이선호는 설거지를 끝내자마자 서재 방으로 들어가 책상 앞에 앉았다. 신지유는 이선호를 위해 아예 방 한 칸을 내주고 작은 책상과 사무용 의자도 들였다.

연순은 이선호가 방으로 들어가는 것을 보고 자신도 하루 업무를 시작했다. 재활용품을 씻어서 분리배출하고, 세탁기를 돌렸다. 몬스테라와 안스리움 등 거실에 놓인 공기 정화 식물을 돌보는 것도 연순의 몫이었다. 연순은 물뿌리개로 천천히 화분에 물을 주고, 잎사귀를 조심스럽게 닦았다.

다음은 욕실 청소를 할 차례였다. 연순은

세제를 풀어 욕조를 닦고 타일 사이에 낀
물때를 청소 솔로 닦았다. 신축 아파트인데도
일주일만 손이 닿지 않으면 욕실 가장자리에
곰팡이가 슬었다. 욕실 청소까지 마치고
나오니 온몸이 땀으로 흠뻑 젖었다. 시간도
꽤 흘러 점심시간이 훌쩍 넘어가 있었다. 나는
그렇다 치고, 이 대표도 점심은 굶은 건가.
연순은 혼자 중얼거리며 서재 방 앞에서 작게
노크를 했다.

"대표님, 점심 어떻게 하시겠어요?"

이선호는 대답이 없었다. 연순은 문을
작게 한 번 더 두드렸다.

"아니, 그게 아니라니까!"

방 안에서 이선호가 버럭 소리를 질렀다.
전화 통화를 하는 모양이었다. 깜짝 놀라
연순의 몸이 움츠러들었다. 이선호는 더 크게
소리를 지르며 화를 냈다.

"김 이사, 지금 그게 할 소리야? 법적인 근거? 법전 찾아볼 시간에 기술적인 검토랑 입주민들이 살 집 인테리어에나 더 신경 써. 기술적인 요소에 집중을 하란 말이야. 신소재공학 박사인 당신한테 내가 법률 검토하라고 그 자리 앉혀놓은 줄 알아? 우리한테 중요한 건 법이 아니야. 새로운 비전이라는 거지. 직주근접을 위한 공유 스페이스!"

이선호는 한참 화를 내다가 전화를 끊었다. 항상 온화해 보이던 인상이었는데 이선호에게도 불같은 면이 있다는 걸 알고 연순은 속으로 놀랐다. 점심을 먹자는 말을 붙이기도 어려울 정도였다. 연순은 발소리를 죽인 채 조용히 부엌으로 와서 밥통에 남은 식은 밥 한 덩이를 먹었다.

연순은 다음 날, 그다음 날도 하나의
방에서 잤다. 옷가지를 가지러 집에 하루
다녀온 것 외에는 하나의 자취방에서 지냈다.
연순은 짐을 챙기러 집에 다녀오면서 남편이
죽은 후 하나와 함께 10년 넘게 살았던
동네가 하나가 거주하던 도심 지역에 비해
을씨년스럽다는 생각을 처음으로 하게 됐다.
연순은 서울 끝자락에 위치한 재개발 지구의
다세대주택에 살았다. 재개발이 확정되면
이사를 나가는 조건으로 집주인은 10년간
전세금을 올리지 않고 있었다. 대신 집 안의
시설이 고장이 나고 부서져도 고쳐주는
일도 없었다. 연순의 집에서 신지유가 사는
아파트까지 가려면 버스와 지하철을 여러 번
갈아타야 했고, 한 시간 40분 정도 걸렸다.
배차 간격이 맞지 않아 환승을 제때 하지
못하면 두 시간 가까이 길에서 시간을 보내야

했다. 매일 오가던 출근길이었지만, 하나의
자취방에서 며칠 출퇴근을 하다 보니 그 길이
제법 멀고 고단한 길이었다는 걸 깨달았다.
하나의 방에서 신지유의 집까지는 도어 투
도어로 30분이 채 걸리지 않았다.

　연순은 이선호가 말하는 직주근접의
편리함이 무엇인지 가뿐한 출근길을
경험하면서 몸소 알게 됐다. 그렇다고
마음까지 가벼운 건 아니었다. 특히 퇴근
무렵이면 온갖 걱정이 몰려와서 발걸음이
한없이 무거워졌다. 좁은 방에 들어가
하릴없이 누워 있을 생각만 하면 숨부터
막혀왔다. 지하철을 오래 타더라도 방이
두 칸 있고, 거실도 있는 자신의 집으로
돌아가서 쉬고 싶다는 생각이 들 때도 있었다.
그럼에도, 이 방을 떠날 수 없었던 것은
하나가 찾아올지도 모른다는 일말의 기대

때문이었다. 아주 잠시라도 하나가 다녀갈지
모른다고, 직접 얼굴을 보고 그간의 사정을
들어봐야 한다는 마음으로 연순은 퇴근 후
성수동으로 돌아와 좁은 방을 묵묵히 지켰다.

10

이선호는 새로운 지점 오픈을 앞두고
눈코 뜰 새 없이 바빠졌다. 밤을 새워 일을
하고 새벽에 잠이 드는 패턴으로 생활하느라
오후까지 잠들어 있는 경우가 많았다. 늦은
밤 들어와 아침 일찍 나가는 일이 잦았던
신지유는 이선호와 제대로 얼굴을 보기도
힘들어졌다며 불만스러운 표정을 지었다.
이럴 거면 왜 우리 집에서 지내는 거냐고
신경질을 내는 신지유를 이선호는 건성으로
달래준 후 곧 다시 방으로 들어가버렸다.

이선호가 연락 없이 외박을 하는 날도 늘어났다. 오전 10시 무렵, 촬영 스케줄이 있던 신지유가 현관에서 신발을 신고 있는데 비밀번호 누르는 소리가 들려오며 현관문이 열렸다. 면도도 하지 않은 채 거무스름한 얼굴로 들어오는 이선호를 신지유가 노려봤다.

"이제 들어오는 거야? 지금까지 어디서 뭘 한 거야?"

"어디긴, 현장에 있다 왔지. 나 밤새 한숨도 못 잤어."

이선호가 피로한 목소리로 말했다.

"현장이 강남이라면서? 우리 집에서 얼마 멀지도 않은 곳인데 밤에 들어오지도 못하고, 외박까지 해야 하는 이유가 뭐야? 왜 그놈의 현장만 가면 이렇게 연락이 두절되는 거냐고!"

신지유가 몰아세우자 이선호는 현장이 워낙 열악해 와이파이나 전화가 잘 터지지 않는다고 말했다. 신지유는 테헤란로 근처에 있다는 현장에서 어떻게 통신이 안 될 수 있느냐며 믿을 수 없다고 소리를 질렀다.

연순은 밤을 꼬박 새우고 들어오자마자 신지유에게 시달리는 이선호가 안쓰러워 보였다. 신지유는 대체 뭐가 모자라서 저렇게까지 이선호를 닦달하는지 이해가 가지 않았다. 돌이켜보면 신지유는 매번 그런 연애를 했다. 자신이 줄 수 있는 모든 것을 내어주고, 상대도 그러길 바랐다. 하지만 늘상 자신의 것만 내주고 마지막에는 남자에게 뒤통수를 맞는 일이 다반사였다.

"그럴 거면 나가버려. 내 집에 다시는 발을 들이지 말란 말이야!"

신지유가 문을 쾅 닫고 나가버렸다. 이선호는 대꾸할 기력도 없어 보였다. 그는 부스스한 얼굴로 소파 귀퉁이에 앉았다가 신지유가 나가자 그대로 드러누워버렸다. 몸을 웅크린 채 소파 위에서 잠든 이선호에게 연순은 담요를 덮어주었다.

연순이 바퀴가 달린 장바구니 카트를 들고 나가 아파트 단지 앞의 유기농 매장에서 장을 보고 들어왔을 때, 소파 자리는 비어 있었다. 이선호는 다시 서재 방에서 컴퓨터 작업에 열중인 모양이었다. 아직 아무것도 못 먹었을 텐데, 연순은 이선호를 위해 따뜻한 멸치 국수라도 말아줘야겠다고 생각하며 서둘러 냄비에 물을 올렸다.

"대표님, 국수 먹어요. 일전에 보니 국수 잘 드시길래, 간단히 차려놓았어요. 나와서 드셔요."

연순이 방문을 두드리며 말했다. 이선호는 거절하지 않고 순순히 거실로 나왔다.

"귀찮으실 텐데, 이모님 감사합니다.

저까지 챙겨주시느라 번거로우시죠?"

"귀찮다뇨, 오히려 며칠 안 들어오셔서
걱정했어요. 밖에서 식사는 제대로 하는지,
현장이라면 새로 오픈한다는 공유 스페이스
공사 현장 말하는 거죠?"

"네, 현장에 가면 거기 상황에만
집중하기에도 바빠서. 따로 연락도 못
드렸네요. 걱정 많이 하셨어요?"

"저도 저지만, 신지유 씨가…… 이 대표님
정말 많이 좋아하나 봐요. 바쁘더라도 연락
잘해줘요. 여자 친구분은 아무리 촬영으로
바빠도 연락 안 빠뜨리잖아요."

"네, 노력해볼게요. 그럼, 잘 먹겠습니다."

이선호가 젓가락을 들며 말했다. 혼자
먹기 민망하다며 연순에게도 같이 먹기를
권했지만, 연순은 집에서 도시락을 싸
왔다고 사양했다. 이선호가 점심을 먹는 사이

서재 방에 들어가 간단히 청소기라도 밀고
쓰레기통도 비워줄 참이었다.

책상 위에는 이선호의 노트북과 각종
서류들이 어지럽게 널려 있었다. 연순은
이선호가 집을 비운 사이 말끔히 치워둔
책상이 몇 시간 만에 다 흐트러진 것을 보고
저도 모르게 허탈한 웃음을 지었다.

"이모님, 그거 그냥 두세요. 저 일하던
중이라 책상 위는 건드리시면 안 돼요."

이선호가 음식을 입에 문 채 말했다.

"네, 알죠. 책상 밑에 쓰레기통만
비워드릴게요. 얼른 식사하세요."

연순은 괜찮다는 미소를 지었다. 그러고는
책상 아래 놓인 쓰레기통을 꺼내려고
허리를 숙였다. 밑으로 들어가면서 뭔가를
건드렸는지 책상에 있던 서류 한 장이
발밑으로 떨어졌다. 입주자 신상명세서, 라고

적힌 그 종이에 익숙한 얼굴이 보였다. 딸 하나의 증명사진이 있는 서류를 보자 연순은 순간적으로 얼어붙었다.

"이게 뭐예요? 임하나, 주민등록번호랑 전화번호. 주소도 모두 우리 딸 하나잖아요."

연순이 손에 든 종이를 흔들며 거실로 황급하게 나왔다. 식탁에 앉은 이선호는 영문을 모르겠다는 표정을 지었다.

"우리 딸 신상명세서를 왜 당신이 가지고 있어요? 아니, 그보다 지금 우리 하나 어디에 있어요? 당신은 알지? 하나 지금 어디 있느냐고!"

연순의 목소리가 떨리고 있었다. 손에 잡은 A4 용지도 함께 떨렸다.

이선호가 놀란 얼굴로 입에 넣은 국수를 도로 뱉어냈다.

"아니, 그걸 왜 이모님이……. 그런데

이모님이 임하나 씨를 아세요?"

이선호가 당황한 표정을 지었다.

"내 딸이라고요. 내 딸, 임하나 지금 어디 있어?"

연순이 이선호를 노려보며 물었다. 이선호는 입을 꾹 다물었다. 젓가락을 내려놓고 방으로 들어가려는 이선호의 팔을 붙들고 연순이 소리쳤다.

"하나 찾아내라고! 우리 하나한테 무슨 짓을 한 거야?"

이선호는 연순이 오해하고 있다고 말하면서도, 하나의 행방에 대해서는 좀처럼 털어놓지 않으려 했다. 하나는 잘 지내고 있다고, 하나가 이곳을 떠나기로 한 것은 본인의 선택이었다고, 이선호는 지극히 사무적인 어조로 말했다. 연순은 평정심을 유지하기가 어려웠다.

"이곳을 떠나다니? 그러면 하나가
이 세상이 아닌 다른 세상에라도 갔다는
말인가요? 설마 우리 하나 잘못된 건 아니죠?"

홍분한 연순의 목소리가 높아졌다.
이선호는 그런 뜻이 아니라며 다급하게 말을
늘어놓았다.

"아닙니다. 그런 거 절대 아닙니다. 임하나
씨는 잘 지내고 있어요. 어디 감금됐거나
가족에게 연락을 못 하는 상황도 아니에요.
다만 본인이 그렇게 선택했을 뿐이라는
뜻입니다."

"하나 지금 어디 있는지 알려주세요. 제가
직접 두 눈으로 확인해야겠어요."

연순이 사정하는 목소리로 울먹거렸다.

"그건 좀 곤란합니다. 외부인에게는
공개할 수 없는 공간이에요."

이선호의 태도는 단호했다. 하지만 연순도

물러설 생각이 없었다. 연순은 울음을 삼키며, 최대한 차갑게 목소리를 내리깐 채 말했다.

"그렇다면 어쩔 수 없죠. 경찰서에 가서 하나 실종 신고를 하겠어요. 혹시 하나의 행방을 알면 연락 달라고 했던 형사가 있거든요. 그 형사에게 가서 대표님이 하나가 어디 있는지 안다고, 대표님이 납치한 건 아닌지 의심이 가는 상황이니 조사해달라고 신고하겠어요."

이선호는 난감한 표정을 지었다. 둘 사이에 한참 침묵이 흘렀다.

11

선릉역에서 내린 연순은 주변을 두리번대며 걸어갔다. 그곳은 삼성역과 선릉역 사이에 있다고 했다. 휴대폰을 손에 꼭

쥔 채 지도 어플에서 목적지를 정확히 찾으려

애썼다. 얼마 지나지 않아 낯선 건물 앞에 선

연순은 길게 심호흡을 했다. 미리 생체 정보를

입력한 사람만이 그 건물에 출입할 수 있다며

이선호가 지문을 떠 간 지 사흘 만에 연순은

이곳의 주소를 얻을 수 있었다. 테헤란로

뒷골목에 위치한 신축 상가 건물이었다.

짙게 선팅된 유리가 벽면을 가득 채운 채

번들거리는 건물의 외관은 멋졌지만, 간판도

달려 있지 않아서 무슨 용도의 건물인지는

알아채기가 어려웠다. 들어가는 문조차

눈에 띄지 않아서 연순은 건물 주변을 한참

기웃거리다가 건물 뒤편에서 겨우 출입구를

찾아냈다. 출입구 앞에는 '스페이스 M'이라는

글자가 새겨진 작은 금속 문패가 붙어 있었다.

연순은 그 앞에 서서 손톱만 한 카메라 렌즈를

쳐다보며 눈을 크게 떴다. 얼굴 인식 장치에

홍채를 인식시키고, 양손의 지문도 입력하는
까다로운 절차를 거치는 동안 손바닥에서
계속 땀이 배어 나왔다.

입구의 미닫이 유리문이 천천히 열렸다.
연순은 긴장하며 건물 안으로 들어갔다.
1층 로비는 텅 비어 있었다. 내장재 공사도
하지 않았는지 벽면과 바닥에 시멘트를
훤히 드러낸 광경을 두고 연순은 고개를
갸웃거렸다. 이렇게 땅값 비싼 동네에 세운
상가 건물 1층을 비워두는 게 이해가 가지
않았다. 연순은 이선호가 안내해준 대로
계단을 통해 지하 1층으로 내려갔다. 이선호는
지하 1층에 내려간 다음 공유 스페이스로
가는 엘리베이터를 타라고 일러주었다. 다소
복잡한 동선이었지만 연순은 이선호의 안내
사항을 착실히 따라 엘리베이터에 올랐다.

엘리베이터는 2층에서 멈췄다. 연순은

엘리베이터에서 내리자마자 보이는 첫 번째 방인 대기실로 들어갔다. 대기실은 조명이 밝은 응접실 분위기였다. 연순은 화이트 톤의 소파와 검정 테이블이 놓여 있는 자리로 천천히 걸어갔다. 테이블에 놓인 호출 벨을 누르면 도움을 줄 직원이 올 거라는 이선호의 말을 떠올리며 연순은 침을 꿀꺽 삼켰다. 호출 벨을 누르고 얼마 지나지 않아 바지 정장을 입은 단발머리 여자가 연순의 앞에 나타났다. 하나 나이 또래로 보이는 여자였다. 여자는 여성 탈의실이라고 써 있는 방으로 연순을 안내했다.

"속옷까지 모두 벗으시고 탈의실에 비치된 얇은 가운만 걸치고 나오시면 됩니다. 휴대폰도 들고 들어가실 수 없습니다. 스마트 기기는 탈의실 한편에 마련된 충전 기기에 넣어두고 나오세요. 기밀 구역에 들어가기 위한 과정이니 협조해주시길 부탁드립니다."

여자는 무미건조한 말투로 말하고는 탈의실 밖으로 나가버렸다. 연순은 갑자기 옷을 홀딱 벗고 가운만 입으라는 요구가 황당했지만 따를 수밖에 없었다. 가운을 갈아입는 데 시간이 오래 걸리지는 않았다. 공유 스페이스에 들어가기 위한 까다로운 절차를 모두 거쳐야만 하나를 만날 수 있을 거라던 이선호의 말을 다시 떠올렸을 뿐이었다.

가운을 입은 연순은 다른 엘리베이터를 타고 3층으로 올라가라는 안내를 받았다. 여자의 설명에 따르면 3층은 캡슐룸이었다. 넓은 캡슐룸에는 사람이 들어갈 수 있는 크기의 금색 캡슐 수십 개가 가로로 덩그러니 놓여 있었다. 안내 요원은 캡슐룸에서 연순이 마지막 검사를 받을 예정이라고 말하며, 작은 알약 하나와 주스를 내밀었다.

연순이 꺼림칙한 표정을 지으며 물었다.

"이게 뭔가요?"

"웰컴 드링크와 영양제입니다."

연순은 굳이 영양제가 필요 없다며 먹지 않겠다고 말했지만, 안내 직원은 연순의 말에 미동도 하지 않았다. 공유 스페이스에 들어가기 위해서는 필수적으로 먹어야 하는 영양제라는 말에 연순은 어쩔 수 없이 주는 대로 그것을 삼켰다. 연순이 캡슐 안의 침대로 들어가 눕자, 직원이 캡슐 문을 닫았다.

컴컴한 캡슐 안에서 연순은 눈을 감았다. 대체 무슨 검사를 한다는 걸까. 검사를 통과한 후 생기는 신체 변화와 부작용에 대해 일절 법적 책임을 묻지 않는다는 서약서에 미리 사인까지 한 터라 불안한 마음이 가시질 않았다. 하나 역시 이 복잡한 과정을 거쳐서

공유 스페이스로 들어갔던 거겠지. 그런데
대체 왜, 연순이 그런 생각을 하는 사이
온몸이 뻣뻣해지면서 감각이 사라졌다.
마치 주사를 맞은 사람처럼 온몸에 감각이
없어졌다. 연순은 억지로 손가락과 발가락을
움직여보려 했으나 몸이 말이 듣지 않았다.
동시에 캡슐이 흔들렸다. 마치 놀이동산의
놀이기구처럼 캡슐이 360도로 빙빙 돌기
시작했다. 굉음을 내며 흔들리는 캡슐 안에서
연순은 몸을 움직일 수조차 없어서 눈을 질끈
감았다. 서너 바퀴쯤 돌았을까, 캡슐이 멈추고
불이 켜졌다. 연순이 눈을 뜨자 몸의 감각도
되살아났다. 연순은 팔다리를 쓰다듬으며
몸을 일으켰다. 침대 위에서 일어난 채로 몸
이곳저곳을 살펴보다가 순간 비명을 질렀다.
조금 전만 해도 캡슐에 놓인 침대는 성인이
겨우 기어들어 가 몸을 누일 수 있을 정도로

좁아터진 공간이었다. 층고가 낮아 침대에
엉덩이를 대고 앉을 수도 없었는데 지금 내가
이곳에 서 있다니, 침대에 선 채로도 천장까지
공간이 많이 남았다. 연순은 머리 위로 높이
떠오른 둥근 천장을 목을 꺾어 바라보았다.

12

캡슐 뚜껑이 천천히 열렸다. 캡슐 밖으로
나가려던 연순은 발아래를 보자 다리가
후들거렸다. 침대가 갑자기 너무 높아져
있었다. 침대 밑으로 내려가려고 해도 발이
닿지 않았다. 캡슐 문을 닫아줬던 안내 요원이
다가왔다. 캡슐에 들어가기 전에는 연순보다
한 뼘 정도 키가 컸던 여자가 갑자기 거인이
되어 연순 앞에 나타났다. 주변을 둘러싼 모든
것이 커져버렸다고 생각하다가, 안내 요원을

본 연순은 자신이 작아졌다는 걸 깨닫고 깜짝 놀랐다. 신기하게도 입고 있던 가운도 몸에 맞게 줄어 있었다.

"침대 끄트머리에 사다리가 있을 겁니다. 사다리를 통해 내려오시면 됩니다."

안내 요원은 연순이 놀란 기색에는 아랑곳하지 않고 무미건조한 말투로 말했다. 연순은 아까는 보이지도 않았던 작은 사다리가 침대 끝에 걸려 있는 것을 발견했다.

연순이 조심스럽게 사다리를 타고 내려오자 캡슐 밖에는 연순의 키에 알맞은 작은 자동차 한 대가 서 있었다. 어린아이들이 가지고 놀 법한 장난감만 한 자동차였다.

"어떻게 된 건가요? 제 몸이 왜 이렇게 된 거죠? 갑자기 이게 무슨 일인가요?"

연순은 안내 요원을 올려다보며 말했다. 연순은 이제 안내 요원의 무릎에도 닿지 않는 수준으로 몸이 줄어들어버렸다.

"네, 김연순 님은 본인 몸 10분의 1 크기로 축소되셨습니다. 이는 스페이스 M의 기밀 구역인 미니어처 랜드에 들어가기 위한 과정이니 이해해주시길 부탁드립니다. 미니어처 랜드에서 따님을 만나신 후 다시 캡슐로 돌아오시면 본래 모습을 되찾을 수 있습니다. 그러니 너무 걱정하지 않으셔도 됩니다. 미니어처 랜드 입구에 위치한 탈의실에서 지금 키와 몸무게에 맞는 옷이 준비되어 있을 겁니다. 환복하시고 안내에 따라주십시오."

안내 요원이 고개를 숙인 채 안에 타라는 손짓을 보냈다. 연순은 갑작스러운 몸의 변화가 황당할 따름이었지만, 딸을 만날 수 있다는 말에 일단 시키는 대로 따를 수밖에 없었다.

연순은 목을 길게 빼고 차창 밖을
바라보았다. 차 안의 탑승객은 연순 하나였다.
어린아이들이 가지고 노는 RC카처럼 누군가
차의 움직임을 조종하고 있는 것 같았다.
기사도 없이 운행되는 무인 미니카는 빠르게
같은 층에 있는 탈의실을 향해 돌진했다.
아래층에서 들어갔던 탈의실과는 전혀 다른
공간이었고, 문을 열고 들어가자 연순의
축소된 몸에 맞는 로커와 화장대가 설치돼
있었다. 안내받은 대로 연순의 이름이 적힌
로커 문을 열자 연순의 몸에 맞는 옷이 준비돼
있었다. 겉옷은 물론 속옷과 양말, 신발까지도
연순의 몸에 딱 맞았다. 평소 신지유의 집에서
일할 때 입었던 옷과 스타일이나 색감이
비슷했다. 아마도 이선호의 의견이 반영된
모양이었다. 이런 어두운 색깔의 면 티와
고무줄 바지를 좋아해서 입는 건 아니었는데,

오랜만에 딸을 만나러 가는 입성이 마음에 들지 않아서 속이 상했다. 옷을 모두 갈아입은 후 거울 앞에서 헝클어진 머리를 매만졌다. 연순의 손에 딱 맞는 머리빗이 화장대에 구비돼 있었다. 이렇게 자신의 키에 맞는 공간에서 움직이다 보니 작아졌다는 사실도 크게 의식이 되지 않았다. 탈의실 천장에 붙어 있는 스피커에서 안내 방송이 흘러나왔다.

　─김연순 님은 탈의실 안쪽에 있는 엘리베이터에 탑승하시기 바랍니다. 엘리베이터 탑승 후 5층에 내리시면 임하나 님을 만날 수 있습니다. 임하나 님의 호실은 5단지의 603호입니다.

　연순은 긴장된 표정으로 탈의실 안쪽으로 걸어갔다. 원통 모양의 엘리베이터가 보였다. 연순은 엘리베이터에 올라 5층 버튼을 길게 눌렀다.

13

엘리베이터의 문이 열리자 멀리서
새가 지저귀는 소리와 물소리가 들려왔다.
연순은 포장된 인도를 천천히 따라 걸어갔다.
미니어처 랜드 5구역이라는 입간판과 함께
주거 구역 단지 입구가 보였다. 양쪽에
돌기둥을 세워둔 게 전부인 입구를 지나
연순은 계속 걸어갔다. 인도 주변으로 정원이
잘 꾸며져 있었고, 정원의 중앙에 위치한
인공 수로에서 물 흐르는 소리가 들려왔다.
엘리베이터에서 내린 뒤로 건물 밖으로 나간
적이 없으니 여기도 분명히 실내 공간일 텐데
조경이 잘된 아파트 단지의 산책로를 걷고
있다는 생각이 들었다.

주변을 두리번거리며 하나를 찾으려면
어디로 가야 하는지를 가늠하고 있는데, 길

끝에서 낯익은 얼굴의 여자가 연순을 향해 달려오는 게 보였다. 하나였다. 하나의 얼굴을 보자마자 연순은 억 하고 비명을 질렀다. 몸속 깊은 곳에서 토해내듯 나오는 비명이었다.

"하나야, 이것아, 너 어떻게 된 거야?"

하나도 믿기지 않는다는 눈길로 연순의 얼굴을 바라보았다.

"엄마…… 엄마가 여길 어떻게 찾아왔어요? 관리사무실에서 엄마가 면회 오셨다는 연락을 받고 지금 나와본 거예요. 여기가 면회가 되는 곳이 아니라서 나오면서도 설마 했는데 여길 어떻게 알고……."

"여기는 대체 어디란 말이니? 네가 있다는 소식을 듣고 찾아오긴 했다만 나는 정말 여기가 어딘지 뭐 하는 곳인지 도통 모르겠다. 안 무서웠어? 엄마랑 연락도 다 끊고 여기에서 숨어 지내면 어쩌자는 거야. 형사가 지금 너 찾고 있는 거 알고는 있어?"

"네, 하지만 저는 잘못 없어요."

순간 하나의 표정이 굳어버렸다.

하나가 자신이 사는 집으로 연순을 안내했다. 집 안에 들어서자마자 연순의 입에서 묘한 탄성이 나왔다. 신지유의 집보다 훨씬 더 널찍하고 고급스러운 아파트였다. 방이 세 개였고, 화장실도 두 개였다. 벽지며 화장실에 깔린 타일이며 집 안에 쓰인 모든 자재에 신경을 쓴 흔적이 역력했다.

"하나야, 여길 네가 혼자 다 쓴다고? 이게 네 집인 거니?"

"월세죠. 하지만 원래 내던 월세보다 조금 저렴하고, 그와는 비교할 수 없이 쾌적해요."

미니어처 랜드, 이곳은 모든 것이 10분의

1로 축소된 세계라고 이해하면 된다고 하나는 말했다. 연순은 10분의 1로 줄어든 몸으로 축소된 주거 단지에 들어온 거였다. 서른 평은 넘어 보이는 지금 이 집도 실제로는 겨우 세 평 남짓한 공간일 테고, 하나가 원래 지냈던 자취방보다 실제로는 더 좁은 공간일 것이다. 외부 세계의 원재료를 미니어처 랜드로 가지고 들어오면 열 배의 가치로 활용할 수 있어서 인테리어 자재를 고급으로 쓸 수 있는 거라고 하나는 웃으며 말했다.

"엄마, 여기에선 한우 고기도 10분의 1 가격으로 먹을 수 있다고요. 이따 우리 고기 구워 먹어요."

하나는 애써 밝은 표정을 지으며, 이곳의 주거 환경이 얼마나 좋은지, 자신이 얼마나 풍족하게 지내고 있는지 설명하려 들었다. 하지만 연순이 진짜 궁금한 건 따로 있었다.

왜 이곳에 오게 됐으며, 그간 외부와의 연락은
왜 차단하고 살았는지 연순은 재차 물었다.

　하나는 처음에는 말을 하지 않으려
들다가 연순이 집요하게 채근하자 문이 닫혀
있는 방을 말없이 가리켰다. 거실 화장실과
면해 있는 방이었다. 그 방에 들어선 순간
가죽 냄새와 본드 냄새가 진동했다. 불을 켜자
커다란 탁자 위에도, 탁자 아래 방바닥에도
색색깔의 가죽 조각이 널려 있는 게 보였다.
천장 높이로 돌돌 말린 채 벽면에 줄을
세워놓은 가죽도 여럿 있었다.

　"제 작업실이에요. 방 하나는 공방으로
쓰고 있어요. 이 가죽들, 귀한 재료들인데
이대로 압수당하는 건 너무 아까워서 제가
챙길 수 있는 한 최대한 들고 여기로 오게
됐어요."

　하나가 갑자기 목소리를 낮추며 말했다.

경찰의 수사망이 좁혀지고 있다는 걸
감지한 사장이 일찌감치 외국으로 떠나고,
직원들도 하나둘씩 빠져나가기 시작했다.
하나도 회사를 떠나야겠다고 생각하면서도
회사 창고에 있는 귀한 재료들이 아깝다는
생각을 지울 수 없었다. 고급 양가죽, 소가죽,
타조가죽, 악어가죽 등 사장이 전 세계를
돌면서 어렵사리 구해 온 것들이었다. 최고급
명품백의 재료로 쓰이는 가죽이거나 기존
명품 브랜드에서도 기성품으로 만들어
팔 수 없을 만큼 희귀한 가죽도 있었다.
하나는 그것들이 증거품으로 압수되기 전에
자취방으로 몰래 옮겨놓았다. 죄책감보다는
가죽을 지키고 싶다는 마음이 앞섰다. 다행히
경찰들이 회사에 들이닥치기 전에 자취방으로
옮겨놓은 덕에 가죽 압수를 피할 수 있었지만,
하나의 방 역시 안전한 곳은 아니었다. 경찰이

하나의 연락처로 연락을 해오기 시작했다.
참고인으로 출석을 해야 한다는 메시지였다가
나중에는 조사에 불응하면 영장이 청구될
수도 있다는 무서운 경고도 날아왔다.
하나는 경찰이 당장이라도 자취방 문을
열고 쳐들어올 것 같다는 공포에 시달렸다.
그렇다고 해서 가죽을 빼돌려 다른 업자에게
팔고 싶은 마음도 없었다. 하나는 그 가죽으로
직접 가방을 만들어보고 싶었다.

그즈음, 하나는 낯선 메시지를 하나
받았다. 모르는 번호라서 경찰이 아닐까
겁먹었는데 미니어처 랜드에 대해 알리는
오픈 채팅 링크가 있는 메시지였다. 처음에는
미니어처 랜드가 게이머들 사이에서 유행하는
가상공간일 거라고 생각했고 그다지 관심이
없었다. 그런데 채팅 방을 들여다보면 볼수록
그곳이 실재하는 세상이라는 걸 알아챌 수

있었다. 새로운 거처, 눈에 띄지 않는 거처를
원하는 하나에게는 이보다 맞춤한 곳이
없었다. 미니어처 랜드의 홍보 담당자들은
이처럼 그곳을 절박하게 필요로 하는
이들에게만 비밀스럽게 접근했다. 빅데이터
분석을 통해 철저하게 타기팅을 해서
홍보하고 고객을 유치한다는 이 스타트업의
마케팅 전략이 소름 끼친다고 생각하면서도,
귀가 솔깃해지는 건 어쩔 수 없었다. 하나는
미니어처 랜드 입주 계약서에 사인을 하고,
살던 집을 서둘러 떠났다.

14

　연순은 잠에서 깨자마자 고개를 돌려
옆자리를 확인했다. 한 침대에서 쌔근대며
잠든 하나를 보니 슬며시 미소가 나왔다.

자는 표정만큼은 젖먹이 시절이나 지금이나 다르지 않았다. 긴 세월 힘들게 키운 딸이 키와 몸무게가 10분의 1의 비율로 줄어든 채로 살고 있다는 게 지금도 믿기지가 않았다. 주변의 모든 것들이 작아진 이상한 세계에 자기까지 흘러들어 오게 됐다. 정말 여기가 현실이 맞긴 맞는 걸까, 혹시 저세상에서 우리 모녀가 조우한 건 아니겠지. 머리가 어지럽다가 급작스럽게 허기가 몰려왔다. 허기가 느껴지는 걸로 보아 멀쩡하게 살아 있는 건 맞는 모양이라고 생각하며 연순은 거실로 나갔다.

냉장고 문을 열자, 그 안에는 떡국 떡과 초콜릿이 있었다. 연순은 떡 하나가 손바닥 크기 남짓한 떡국 떡을 도마 위에 놓고 한입에 먹기 좋게 잘랐다. 하나가 좋아하는 떡국을 끓일 생각이었다. 국물 멸치도 크기가 굴비만

해서 한 마리만으로 충분해 보였다. 연순은
열 배 크기가 된 이곳의 식재료들이 그저
신기하기만 했다.

"이렇게 큰 멸치는 처음 봐. 떡국 떡
하나가 고깃덩어리 같네."

잠에서 깬 하나가 거실로 걸어 나오다가
피식 웃었다.

"엄마 멸치가 큰 게 아니라 우리가 작아진
거죠. 우리 몸이 10분의 1로 줄어들어서 크게
보이는 것뿐이에요."

"그래, 알면서도 신기하단 말이지. 그러면
지금 내 손에 꼭 맞는 냄비랑 내 키에 맞는
싱크대는 어떻게 된 거란 말이냐? 이런 것도
그 캡슐에 넣어서 10분의 1로 줄어들게 만든
거야?"

"아뇨, 공산품들은 주로 여기서 자체
제작한 것들이에요. 부엌에 있는 인덕션이나

냄비, 도마 등등 3D프린터로 제작했다고 들었어요. 식재료는 바깥 세계에서 그대로 들여와서 이렇게 큰 거고요. 우리가 작아져서 이곳에서는 모든 식재료들이 열 배로 늘어나는 효과가 있는 거죠."

하나는 엄마가 끓여주는 떡국을 국물 한 방울 남김없이 말끔하게 비웠다. 떡국을 먹은 후 냉장고에서 제 팔뚝보다 큰 고디바 초콜릿을 꺼내왔다. 딱딱한 초콜릿과 한참 씨름한 끝에 조각을 낸 초콜릿을 접시에 담아 온 하나를 보며 이번에는 연순이 크게 웃었다.

하나는 아침을 먹고 곧장 작업 방으로 들어갔다. 한 땀 한 땀 바느질을 해서 가방을 만드느라 하루 종일 방에 틀어박혀 일에 매달려도 일주일에 가방 하나 완성하기가 쉽지 않다고 했다. 방 한편에 놓인 선반에는 딸이 직접 만든 가방이 두 개 올려져 있었다.

연순은 검은색 토트백과 분홍색 크로스백을
번갈아 들어보고 어깨에 메보면서 놀랍다는
반응을 보였다.

"이거 진짜 네가 만든 거야? 바느질이
되게 꼼꼼하고 튼튼한 게 잘 만들었구나.
디자인도 참 예뻐."

"디자인은 그냥 도안 있는 걸로 한
거예요. 완성작 중에 잘된 것만 거기 샘플로
올려둔 건데, 엄마가 모르는 실패작도 엄청
많아요. 그런 건 지갑이나 필통으로 만들려고
뜯어버렸고요."

하나가 수줍게 웃었다. 연순은 하나가
만든 가방을 다시 한번 쓰다듬었다. 못 본
사이 솜씨가 꽤 좋아졌다 싶었다.

이선호가 하나의 집 벨을 누른 건 오후
늦은 시각이었다. 하나는 일에 집중하느라

방에 들어가 있었고, 연순은 혼자 소파에 앉아
잠깐 졸고 있던 참이었다.

"우리 집에 찾아올 사람이 없는데,
누구죠?"

하나가 손에 대바늘을 쥔 채 거실로
나왔다. 하나는 의아한 표정을 지으며
현관문으로 가 외시경 렌즈에 눈을 갖다 댔다.

"이모님, 저예요. 이선호입니다. 임하나 씨
저는 이곳 공유 스페이스 대표예요."

하나가 눈이 동그래져서 연순을
쳐다보았다. 연순은 하나에게 괜찮다는
손짓을 하며 문을 열고 나가 이선호를 맞았다.

"따님은 잘 만나셨어요?"

현관문 앞에 선 이선호가 환하게 웃으며
말했다. 신지유 집에서 재택근무를 할 때는
고무줄 반바지에 반소매 티 차림일 때가
많았는데 이곳에서는 와이셔츠에 정장을 입고

있었다. 이렇게 작은 사이즈의 정장은 어디서 구한 걸까. 연순은 이선호를 바라보며 잠깐 얼빠진 얼굴로 서 있었다.

"이모님? 괜찮으신 거죠?"

이선호의 물음에 연순은 정신이 퍼뜩 들었다.

"네, 대표님, 여기서 만나니 또 다른 느낌이네요. 대표님도 작아져서 들어오신 거죠?"

"그렇죠. 이곳은 전혀 다른 세상이니까요. 이모님께 미니어처 랜드를 노출하게 될 줄은 저도 몰랐고요. 잠깐 저랑 이야기 좀 나누시겠어요?"

연순은 이선호가 가리킨 대로 아파트 건물 바깥으로 나갔다. 조경이 잘된 산책로를 따라 두 사람은 나란히 걸었다. 말없이 걷다가 이선호가 먼저 인공 연못가에 놓인 벤치에 앉았다. 연순과 이선호는 벤치에 자리를 잡고 앉은 후에도 한참이나 아무 말 없이 연못과 연못 중앙에 놓인 분수대만 바라보았다.

"저런 연못과 분수까지 만드실 생각을 어떻게 하셨어요? 여기 정말 신기한 세상이에요."

연순이 먼저 입을 뗐다. 이선호는 옅게 웃음을 지었다.

"사람들이 살고 싶어 하는 아파트 단지의 조경을 많이 참고했어요. 이곳에 들어와 사는 사람들에게 최대한 쾌적한 환경을 제공해주고 싶었거든요. 코딱지만 한 방에서 겨우 웅크리고 자다가 깨서 출근하는 삶이 아니라 거실과 방, 화장실이 분리돼 있고 집 앞에 산책로와 조깅 코스도 마련돼 있는 그런 주거 환경이요. 그런 게 꼭 대단한 부자들만 누릴 수 있는 사치가 아니길 바랐고요. 어떠세요?

여기, 마음에 드세요?"

"저는 잘 모르겠어요. 어떻게 받아들여야
할지도 모르겠고⋯⋯. 딸아이가 아니었다면
얼씬도 안 했을 것 같은데, 서울에서는 살아볼
수 없었던 좋은 집이긴 하더군요."

"이모님, 이곳도 서울이에요. 서울
한복판의 공간을 최대한 효율적으로
이용하기 위해 첨단 기술이 투입된 거죠.
초기 투자 비용이 좀 들긴 했지만 이곳이
장기적으로는 매우 효율적인 주거 공간으로
각광받을 수 있을 거라고 저는 생각합니다.
선택받은 사람들, 비밀을 지킬 수 있는 소수의
사람들에게만 개방되는 고급 주거 단지인
거죠."

"네."

"단, 중요한 조건은 비밀을 지킬 수 있는
사람들에게만 이곳이 허락된다는 거죠.

이모님, 제 얘기 무슨 말씀인지 아시죠?
이곳 입주민들은 모두 미니어처 랜드의
취지에 공감해서 자발적으로 여기에서의
생활을 선택했고, 저희가 요구하는 까다로운
과정을 거쳐서 특별한 신뢰 관계를 획득한
분들만 이곳에 들어왔어요. 이모님의 경우,
제 재량으로 이곳에 잠깐 방문하도록 허가된
것이지요. 다른 직원들의 반대가 심했지만,
이모님도 믿을 수 있는 분이라고 제가 보증한
끝에 여기에 오신 거죠. 그러니 이모님도
선택을 하셔야 합니다. 하룻밤 방문객으로
남으실지 아니면 이곳의 입주민으로
지내실지를 결정하신 후에 절차를 밟으세요.
임하나 씨가 이곳에 있으니 혹시 외부에
나가시더라도 이곳의 존재를 발설하지는
않으시리라고 믿습니다."

당장 하나를 만날 생각에만 급급했지

앞으로의 미래에 대해서는 전혀 고려하지
못했던 연순은 이선호의 말에 생각에 잠겼다.
만약 이곳에 입주하게 된다면 하나가 살고
있는 집에 들어가 살아야 할 테니 하나와
의논해봐야 할 문제이기도 했다.

"미니어처 랜드 입주 신청 과정을 거치지
않으셨기 때문에, 이곳에 남지 않으실 거면
되도록 빨리 이곳을 떠나주셔야 합니다.
그리고 지금…… 밖에서 지유가 이모님을
찾아요. 제가 집에 일이 생기셔서 며칠
쉬셔야 한다고 대충 둘러대기는 했는데, 화를
내더군요. 이모님이 휴가를 내면서 왜 저한테
연락을 하느냐고. 제 생각에는 만약에 이곳에
입주하시더라도 하시던 일은 계속하시는 게
좋을 듯합니다. 모녀가 동시에 없어지면 괜한
의심을 살 수 있어요. 임하나 씨를 제외하고는
여기 입주민들 모두가 외부로 출퇴근을 하고

있는 상황이기도 하고요. 사실 이 공간의
취지가 그런 거예요. 통근자들을 위해 회사와
가까운 곳에 쾌적한 주거지를 제공하는
서비스."

　　말이 끝난 후 이선호는 자리에서 일어나
단지 출입구 쪽으로 걸어 나갔다. 협력
업체와 미팅이 있어서 나가보아야 한다며
외부로 통하는 통로를 향해 뚜벅뚜벅
걸어가는 이선호의 뒷모습을 연순은 물끄러미
바라보았다.

　　그는 이곳 미니어처 랜드의 설계자였다.
지금 연순의 주변을 둘러싼 모든 것이
이선호의 관리 감독하에 만들어진 것이었다.
10분의 1로 축소된 세계에서 딱 그만큼
작아진 모습으로 만난 이선호였지만, 오히려
원래 알던 것보다 100배쯤은 더 크고 대단한
사람처럼 느껴졌다.

"이모님, 어렵게 생각하실 거 없어요.
이곳을 그냥 편안한 집으로 생각하시면 돼요.
저도 예전처럼 편하게 대해주시면 되고요."

이선호는 자신의 딱딱한 태도가 마음에
걸렸는지, 걸음을 멈추고 뒤를 돌아보면서
눈을 찡긋하고 한번 웃었다.

15

연순은 탈의실 거울 앞에서 머리를
매만지다가 옆에 나란히 서서 화장을
고치고 있는 여자를 힐긋거렸다. 하나보다는
예닐곱 살 많아 보이는 얼굴로, 며칠 전
엘리베이터에서 마주쳤던 기억이 났다. 그때
여자는 연순과 같은 층에서 내려 옆집으로
들어갔다. 인사를 하고 싶었는데 말을 걸 틈도
주지 않고 차갑게 뒤돌아서 가버리는 바람에

서운한 마음이 들기도 했다.

　　전날 밤 잠을 설쳐 퀭한 얼굴인 연순과는
달리 여자는 피부에 광채가 돌았다. 연순은
그저께 미니어처 랜드 입주 계약서에 사인을
할 때만 해도 앞으로 겪어야 할 일상의 변화가
크게 두렵지는 않았다. 그보다는 하나를 다시
만난 기쁨이 더 컸다. 하나에게 언제까지
여기에 있을 생각이냐고, 이곳에 들어올 때
정해둔 기한 같은 게 있느냐고 묻자 하나는
미니어처 랜드도 돈이 없으면 머물 수 없는
곳이라며 한숨을 쉬었다. 미니어처 랜드의 한
달 월세는 45만 원, 관리비가 15만 원이었다.
인근의 아파트 월세가 450~500만 원 정도로
형성돼 있는 걸 감안해 10분의 1로 책정한
금액이었다. 고시원과 비슷한 가격이기는
했지만 당장 소득이 없는 하나 입장에서는
부담스러운 금액이기도 했다. 하나는 가지고

온 가죽을 연습용으로 다 소진할 때까지만 이곳에서 버티다가 다시 바깥으로 나가 돈을 벌 생각이었다고 토로했다. 풀 죽은 얼굴로 고개를 숙인 하나의 손을 쓰다듬으며 연순은 돈은 내가 벌 테니 그냥 넌 하고 싶은 일을 해보라고 말했다.

"엄마가 하던 대로 가사도우미로 일하면 우리 둘이 이곳에서 충분히 배부르고 등 따시게 살 수 있어. 여기 주민들 다 밖으로 매일 출퇴근하면서 지낸다며? 넌 돈 걱정하지 마. 니가 이렇게까지 가방 만드는 일에 절박한 마음인지 몰랐어. 이제라도 엄마가 힘이 돼줄게."

"엄마, 괜찮겠어요? 저 때문에 평생 고생만 하셨는데……"

하나가 울먹였다. 연순은 하나의 어깨를 다독이며 말했다.

"고생은 우리 딸이 했지. 그동안 부모 잘못 만나서 고생 많이 하고 살았잖아. 지금이라도 너 하고 싶은 대로 살아."

하나에게 호기롭게 큰소리를 치고, 잠자리에 들었지만 좀처럼 잠이 오지 않았다. 다음 날 아침 무사히 출근할 수 있을지 걱정이 앞섰다. 캡슐 속에 들어가 원래의 몸 크기로 돌아간 다음에 탈의실에 가서 옷을 갈아입고 나와 지하철역으로 향하는 과정을 수없이 시뮬레이션해보면서도 떨리는 마음이 쉽게 진정되지 않았다. 혹시 그 과정에서 예기치 못한 사고라도 일어난다면? 캡슐의 전원이 중간에 꺼지기라도 한다면? 내 몸의 형태가 온전하게 유지되기는 하는 걸까? 연순은 입주 신청서에 사인을 하면서 기밀을 유지하겠다는 서약과, 혹시 캡슐 안에서 신체 변형으로 인한 부작용이 발생하더라도 회사에 책임을 묻지 않겠다는 조항에도 서명을 했다.

연순은 거울 속에 비친 자신의 모습을
한 번 더 확인했다. 양손을 뻗어 손가락 열
개가 온전히 붙어 있는지도 다시 들여다봤다.
거울 앞에 나란히 섰던 옆집 여자가 연순을
이상하다는 듯 쳐다봤다. 연순과 여자, 둘이
서로 눈이 마주쳤다.

"저기, 아가씨. 5단지 사는 분 맞죠?"

"저를 아세요?"

여자가 경계하는 눈길로 연순을 바라보며
물었다.

"저희 옆집에 사시는 것 같아서요.
엘리베이터에서 봤어요."

"아, 네."

옆집 이웃이라는 말에도 여자는 조금도
반가운 기색이 없었다. 연순은 여자가
대꾸해주는 것만으로도 감지덕지였다.

"저 하나만 물어봐도 될까요?"

"네, 길게는 안 되고요. 출근 준비 중이라서."

여자가 심드렁한 표정으로 말했다.

"저도 출근해야 해요. 시간 오래 안 빼앗을게요. 제가 궁금한 게 이렇게 매일 커졌다 작아졌다를 반복하면서 몸의 변화를 겪는데 건강이 괜찮나 해서요. 이러다가 혹시 잘못되기라도 하면 어쩌나 싶고……. 아가씨는 어때요? 몸에 무리도 가고, 힘들 텐데 괜찮아요?"

"음, 제가 경험한 걸 토대로 말씀드리면요, 장거리 출퇴근이 더 몸에 해로워요. 얼마 전까지 경기도 양주에서 왕복 네 시간씩 걸려서 통근을 했어요. 그러면서 만성피로에 시달리고 몸이 많이 축나더군요. 독립을 해서 회사 근처에서 자취를 하고 싶었는데

제가 가진 돈으로 구할 수 있는 방은 너무
협소하고 험해서 그런 곳에서도 건강을
해치겠다 싶었어요. 그런데 미니어처 랜드에
들어오면 30평대 아파트의 생활 수준으로 살
수 있는데 마다할 이유가 뭐겠어요? 처음에는
돈을 벌어서 여기를 떠나자는 마음이 커서, 돈
모을 때까지만 머무를 거라고 생각하고 1년
계약을 맺었는데 살면 살수록 장점이 더 많이
보여요."

그럼 전 이만, 화장을 마친 여자는 짧게
눈인사를 하고선 앞머리에 헤어롤을 만 채
탈의실 밖으로 나갔다.

연순은 미니어처 랜드를 빠져나와
테헤란로의 인파와 섞였다. 신지유의 집에
도착하기까지 딱 30분이 걸렸다. 출발지와
도착지 모두 지하철역에서 도보로 10분이

걸리지 않는 역세권이라 이동하기가 수월했다. 연순이 번호 키를 누르고 집으로 들어가자, 신지유는 울상이 된 얼굴로 뛰쳐나와 연순을 반겼다.

"이모님, 왜 이제야 오신 거예요? 그동안 연락도 안 돼서 걱정했어요."

"그게…… 집에 일이 좀 있었어요. 배우님 바쁠까 봐 이 대표님께 대신 연락 부탁드린다고 말씀드렸었죠."

"네, 대충 전해 듣긴 했는데 언제까지 안 오시는 건지 답답했어요. 그런 일이 있으면 저한테 연락을 하시지……. 이선호 대표도 연락 잘 안 될 때가 많아서 제대로 물어볼 수도 없었고요. 대체 뭘 하고 다니는 건지 현장만 갔다 하면 그길로 잠수를 타버리거든요."

"이 대표가 정확히 뭘 하는지……

모르시는 거죠?"

연순이 심각한 표정을 지으며 물었다.
신지유가 의아하다는 얼굴로 되물었다.

"공유 스페이스, 사회 초년생들이
공간을 공유하면서 사는 월세 주택 사업하는
거잖아요. 제 말은 뭘 하는지 모른다기보다는
왜 현장만 가면 눈이 돌아서 저한테 연락도 못
한다는 건지 이해가 안 된다는 말이었어요."

"그러니까, 그 안에서 무슨 일을 하는지
어떤 일이 벌어지는 건지는 전혀 모르고 계신
거잖아요. 한 번도 안 가보셨죠?"

"그렇죠. 거긴 다른 사람들이 사는
곳인데 제가 그 안에서 무슨 일이 있는지
알고 싶다고 기웃대면, 그건 사생활 침해인
거잖아요. 더군다나 전 연예인인데 괜한
구설수에 오르고 싶진 않아요. 그런데 이모님
왜 그러세요? 이모님이 거길 가보기라도

하셨다는 거예요?”

“그럴 리가요, 제가 뭘 알겠어요? 요즘 딸이 자꾸 나가 살고 싶다고 하는데, 그런 곳은 어떨까 생각해봤거든요. 배우님은 이 대표님과 각별한 사이니까 혹시 몰라서 물어봤어요.”

연순은 대충 둘러댄 후 허둥지둥하며 일어섰다. 일주일 가까이 발걸음을 하지 않았더니 집 안 곳곳이 눈 뜨고 봐줄 수 없는 수준이었다. 개수대와 쓰레기통이 넘쳐날 지경인 걸로 보아 신지유 혼자 어지른 건 아닌 듯했다. 이선호가 집에 들어오지 않아 속상하다는 핑계로 지인들을 불러 한껏 먹고 마신 모양이었다. 연순은 빨래 통에 가득 쌓여 있는 빨랫감과 개수대에 가득 찬 와인잔과 식기 들을 보며 얕게 한숨을 쉬었다. 욕실에 들어선 순간 코를 찌르는 냄새에 저도 모르게 코를 막았다. 평소 향기로운 냄새가 났던 욕실에서는 역한 지린내가 진동했다. 욕실 바닥에 쓰고 나서 세탁해놓지 않은 걸레짝이 여러 장 쌓여 있었다. 신지유는 연순에게도 물티슈가 환경에 나쁜 영향을 미친다고 여러 번 강조하며 물티슈 대신 걸레를 쓰도록 요구했다. 연순이 없는 사이 와인을 쏟았는지 자주색 얼룩이 묻은 걸레가 욕실 구석에서 축축하게 썩어가고 있었다.

"이모님, 저 운동 다녀올게요. 운동 갔다 와서 요가 브이로그 찍으려고 하거든요. 창가에서 찍어야 하니까 창문도 닦아주시고, 요가 매트도 말끔하게 털어주세요."

연순은 말없이 고개를 끄덕였다. 이선호가 연순에게 했던 말이 떠올랐다.

'지유는 저 없이는 살아도 이모님 없이는 살 수 없을 거예요.'

연순은 고무장갑을 낀 채 퀴퀴한
냄새가 나는 걸레에 비누를 잔뜩 묻혀
비볐다. 와인이 스며든 걸레에서 핑크색
거품이 배어 나왔다. 걸레를 치대면서
연순은 하루만 자신의 손이 닿지 않아도
엉망진창이 되는 이 집이 지나치게 비싸고
거추장스럽다는 생각을 했다. 신지유는
이런 집을 깨끗하게 유지할 능력이 없었다.
신지유의 친환경적인 삶을 위해서는 연순의
노동력이 필요했다. 물티슈를 쓰지 않고,
일회용품을 쓰지 않는 삶을 유지하게 하는
것은 연순이었다. 신지유의 텀블러와 식기를
세척하고, 생리컵을 열탕 소독하는 일도
연순의 몫이었다. 아니, 정확히는 연순에게
지급하는 신지유의 돈이 그것을 가능하게
했다. 그런 점에서 다시 생각해본다면,
신지유에게는 충분한 자격이 있었다. 이

집을 쓸고 닦으며 일회용품을 쓰지 않는 삶의 원칙을 지킬 수 있도록 해주는 성실한 가사도우미를 고용할 수 있으니까. 신지유는 억대의 광고 모델이었고, 연순의 월급 정도는 푼돈에 불과할 것이다. 게다가 신지유는 좋은 고용주였다. 연순에게 후한 일당은 물론, 주휴수당도 지급했다. 신지유는 좋은 연예인이 되어 세상에 선한 영향을 미치며, 좋은 언니로 늙어가고 싶다는 말을 예능 방송에서도 했다.

신지유는 연순만큼 좋은 이모님을 겪어본 적이 없다면서 오래오래 함께 일해달라고 말했다. 연순이 며칠 안 나온 사이 아쉬운 점이 많았는지 이모님이 없으면 안 되니, 앞으로는 절대 결근을 하지 말아달라고 생글생글 웃는 얼굴로 사정하기까지 했다. 부탁하는 말투였지만, 눈빛만큼은 단호했다.

특히 '절대'라는 단어를 말할 때 신지유의 표정은 매우 엄격하기까지 했다. 앞으로 이런 일이 있다면 절대 좌시하지 않을 거라는, 하루라도 이모님이 없으면 안 된다고 말했지만 그렇기 때문에 이런 일이 다시 벌어진다면 자신의 자리는 재빠르게 다른 가사도우미로 채워질 수 있다는 뜻으로도 들렸다. 신지유는 연순이 얼마나 필요한 사람인지를 재차 강조했지만 그럴수록 연순은 자신의 처지가 왠지 더 서글프게 느껴졌다. 신지유의 브이로그 카메라는 이 집 구석구석에 렌즈를 들이댔다. 하지만 신지유의 유튜브 채널에서 연순의 존재는 지워져 있었다. 빨래 통에 가득 쌓여 있는 신지유의 운동복을 친환경 세제로 세탁하고, 발 디딜 틈이 없을 정도로 어질러진 신지유의 집을 감탄이 나오도록 말끔하게 치워내도 연순의 흔적은 그 어디에도 기록되지 않았다.

16

　신지유의 집에서 일을 마치고 나와
엘리베이터를 기다리면서 연순은 오른손
주먹으로 왼쪽 어깨를 두드렸다. 물먹은
솜처럼 몸이 무거웠다. 오랜만에 바쁘게
일을 했더니 평소보다 피로가 가중된
느낌이었다. 못 온 사이 밀린 집안일이 많기도
했다. 하지만 더한 일도 거뜬하게 해내곤
했는데…… 언제까지 이 일을 할 수 있을까.
연순은 오늘따라 지나치게 생각이 많았고,
그래서 더 피곤해진 것 같았다. 그동안은 굳이
많은 생각을 하지 않고 살아왔다. 정해진
시간에 일을 하고, 그에 합당한 돈을 받고,
그 돈으로 자식을 키우며 먹고살아왔다. 내

몸으로 내가 벌어 먹고사는 삶은 고단했지만 딱히 거리낄 게 없어서 속 편하다 여겨질 때도 많았다.

낮에는 가사도우미로 일하고 밤에는 식당에서 설거지를 하며 딸 하나를 대학 공부까지 시켰다. 하나는 연순의 자부심이었다. 딸의 간호대 졸업식 날 학사모를 쓰고 같이 사진을 찍을 때만 해도 이런 미래는 상상조차 하지 못했다. 이제 모녀의 거처는 미니어처 랜드가 됐다. 어깨를 축 늘어뜨리며 걷다가 연순은 헛웃음을 지었다. 스스로가 참 간사하다는 생각이 들었다. 딸과 연락이 되지 않을 때에는 생사만 확인해도 좋겠다는 마음으로 딸이 무사하기만을 빌고 또 빌지 않았던가, 다시 딸을 만나자마자 근심 걱정부터 키우는 건 여러모로 좋지 않을 성싶었다.

연순은 양손으로 볼을 두드리며 정신을 차리자고 혼잣말을 했다. 더는 쓸데없는 생각을 하지 않기로 마음을 다잡았다. 몸이 커졌다 작아졌다 하면서 기운이 허해진 모양이었다. 들어가는 길에 고기를 사 가야겠다고, 하나에게도 한우를 좀 먹여야겠다고 연순은 생각했다. 캡슐에 들어가기 전 외부에서 장을 본 고기와 식료품은 미니어처 랜드로 들어가는 운반 카트에 실어 따로 보낼 수 있었다. 여기서 쇠고기 반 근만 사도 하나와 몇 끼를 배부르게 먹을 수 있겠다는 생각에 발걸음이 빨라졌다.

연순이 돌아오자 하나가 현관에서 엄마를 맞았다. 연순은 자신보다 먼저 도착한 식재료를 보고 웃음을 지었다. 하나도 따라 웃었다. 딸의 어린 시절이 떠올랐다. 일을 마치고 맛난 것을 사서 돌아오면 버선발로

나와 엄마를 맞던 모습이 떠올라 애틋한
감정이 피어오르기도 했다. 모녀는 한우를
신나게 구워 먹고 함께 산책을 나갔다.
시원한 바람이 부는 사이 물소리가 들리고
풀 내음이 나는 산책로를 기분 좋게 걸었다.
모든 것이 인공적이라는 걸 알면서도 연순은
볼을 스치는 바람과 풀 향기가 좋았다. 하나가
연순의 곁으로 다가와 팔짱을 끼고 걸었다.

"엄마랑 같이 걸으니까 참 좋아요."

"그렇게 말해줘서 고마워."

연순은 딸의 한쪽 팔을 쓰다듬으며
웃었다.

"뭘요, 내가 더 고맙죠."

하나는 연순이 자신의 꿈을 인정해주고
이해해줘서 고맙다고 수줍게 말했다. 딸의
속마음을 들은 연순은 미안한 마음이
몰려왔다. 딸이 자신을 원망하고 미워한다고

생각했다. 집을 나간 후 냉랭해진 딸의 태도에 남과 다를 바 없는 관계가 될지도 모른다는 생각을 하기도 했다. 하지만 이곳에서 딸과 함께 시간을 보내며 알게 됐다. 원망으로 가득 찼던 것은 딸이 아니라 자신의 마음이었다는 것을.

하나는 하던 일을 마저 하고 자겠다며 작업 방으로 들어갔다. 연순은 샤워를 하고 나서 평소보다 빨리 잠자리에 들었다. 저녁을 먹고 산책까지 다녀와도 평소에 저녁을 먹고 돌아선 시간과 비슷했다. 퇴근길 이동 시간이 줄어든 덕이었다. 따뜻한 물로 목욕을 하고 폭신한 감촉의 이불에 몸을 파묻으니 하루치 긴장이 풀리면서 편안해졌다. 하나가 이곳으로 이사 올 때 마련했다는 신생아용 구스 이불이 연순의 몸에 착 감겼다. 부드럽고 따스하다고 느끼며 연순은 눈을 감았다.

그래, 원래 집은 이런 곳이지. 바깥에서 들고
들어온 복잡한 생각이나 걱정 따위는 저만치
치워두고 쉴 수 있는 곳. 일터에서 돌아와
사랑하는 가족과 웃으며 마음 편하게 밥을
지어 먹고 기분 좋게 잠들 수 있는 곳……
그건 누구나 당연히 누리는 일상 같지만
누구에게나 이런 일상이 주어지지 않는다는
걸 연순은 잘 알았다.

17

미니어처 랜드의 시간도 바깥세상과
똑같이 흘러갔다. 한 계절이 지나가는 동안
연순은 매일 아침 커졌다가, 매일 저녁
작아졌다. 알약과 드링크제를 먹고 캡슐에
들어갔다 나오면 몸은 열 배로 커졌고, 다시
같은 과정을 거쳐 10분의 1로 줄어든 다음

미니어처 랜드로 들어왔다. 그 외의 일상은 다를 바가 없었다. 정해진 시간에 신지유의 집에 출근해 주어진 일을 하고, 돌아와 저녁을 먹고 잠드는 삶이었다. 이따금 살던 동네에 가서 집을 들여다보기도 했다. 우편물을 확인하고 공과금을 처리한 후 집 안을 환기시키며 청소기를 돌리고 걸레질을 했다. 사람이 살지 않아도 빈집에 먼지는 쌓였다. 먼 길을 감수하며 굳이 거기까지 오가는 게 번거롭다는 생각이 슬슬 들기 시작했다. 여름에는 하수구가 역류해 썩은 냄새가 나고, 겨울이면 세탁기도 쓸 수 없는 그 집에 다시 돌아가고 싶지 않았다.

연순이 차라리 집을 빼는 게 낫지 않을까 하는 고민을 내비쳤더니 하나는 절대 안 될 일이라며 펄쩍 뛰었다.

"언제까지 여기에서 살 수 있을지 모를

일이잖아요. 앞으로 어떻게 될지 모르는 일이고, 돌아갈 곳은 있어야죠. 우리 집은 그냥 놔두는 게 좋겠어요."

우리 집이라는 말이 연순의 가슴을 쿵 하고 울렸다. 하나가 엄마와 살던 집을 우리 집이라고 여겨준다는 것이 놀라운 한편, 새삼 뭉클하게 느껴졌다.

하나가 차분한 목소리로 말했다.

"차라리 성수동 원룸을 내놓으려고요. 원래부터 오래 살 마음도 없었던 방이기도 해서 되도록 빨리 정리하는 게 좋을 듯해요. 엄마, 그래서 말인데요, 저 며칠 밖에 나갔다 올게요. 나가서 제가 처리할 일들을 챙겨봐야 할 것 같아요. 경찰 조사도 계속 미루기만 해서는 안 될 일이고요."

다음 날 연순과 하나는 함께 미니어처 랜드를 빠져나왔다. 모녀는 지하철역 앞에서

헤어졌다. 연순은 신지유의 집에 출근한
뒤에 혼자서 거실을 오가며 안절부절못했다.
방 안에서 재택근무를 하던 이선호가 잠시
부엌으로 나왔다가 연순에게 안색이 좋지
않다며 말을 붙여왔다. 연순은 초조한 얼굴로
이선호에게 사정을 털어놓았다. 하나가
경찰서에서 괜한 오해나 의심을 사지는
않을까 걱정된다는 연순에게 이선호는 하나가
실습생 신분이었으니 그 점만 강조하면 아무
문제 없을 거라고 부드럽게 웃었다.

　"하나 씨가 잘 알아서 할 거예요. 똑똑한
따님을 두시고 왜 괜한 걱정을 하세요?"

　이선호의 온화한 목소리에 연순은
요동치는 심장박동이 조금 가라앉는
느낌이었다. 이 순간에 이선호가 자신의 곁에
있어서 다행이라는 생각이 들었다.

　사흘 뒤 하나는 피로한 얼굴로 미니어처

랜드로 돌아왔다. 밖에서는 휴대폰이 될 텐데 왜 엄마 연락을 받지 않은 거냐고, 신지유의 집에서 일하다가도 하루에 열 통도 넘게 전화를 하고 메시지를 보냈다고 연순이 역정을 내자 하나는 나간 김에 휴대폰 번호를 바꿨다며 새로운 번호를 적어주었다.

"번호를 바꿨으면 엄마한테 먼저 연락을 했어야지. 얼마나 걱정한 줄 알아? 이 대표가 괜찮을 거라고, 잘 지내고 있을 거라고 안심시켜줘서 그나마 버텼지. 아니면 엄마는 미쳐버렸을지도 몰라."

"밖에 나가서 처리할 일이 많았어요. 중간중간에 사람들도 만났고, 다른 사람들이랑 같이 있을 때 연락하기가 좀 그랬어요. 미안해요, 엄마. 그나마 이선호 대표가 있어서 다행이었네요."

"그래, 요즘 젊은 사람치고 드문 사람이지.

예의 바르고, 유능하기까지 하고."

"엄마, 그 사람을 믿으세요?"

"그럼, 믿으니까 지금 여기에 있는 거지. 이 대표 아니었다면 우리가 강남 한복판에 있는 이런 집에서 살 수 있었겠어?"

이선호를 침이 마르도록 칭찬하는 연순을 바라보며 하나는 미심쩍은 표정을 지었다.

"경찰 조사는 별문제 없이 끝났는데, 너무 찜찜한 기분이에요. 사실 저는 실습생으로 그 회사를 다닌 게 전부라 상표법 위반은 무혐의 처리될 거라고 예상했어요. 혹시나 가죽의 행방을 물을까 봐 걱정했는데 경찰들은 그 공장에 어떤 가죽 재료들이 얼마나 있었는지도 제대로 모르고 있더라고요."

"그래, 정말 다행이야. 이선호 대표도 그렇게 말하더라. 너한테 범죄 혐의를 적용하기는 어려울 거라고, 내가 너무 불안해하니까 자기 믿고 기다려보라고도 했어."

"엄마, 근데 말이에요, 그 사람은 왜 그렇게까지 큰소리를 친 걸까요? 계속 이상한 생각이 들어요. 경찰들이 제가 갑자기 사라진 뒤로 제 이동 경로를 추적해보려고 인근 지역의 CCTV를 살펴봤는데 흔적을 찾을 수가 없었대요. 제가 사라진 날짜 앞뒤로 CCTV 기록이 지워졌다나, 해킹인지 전산상 오류인지도 확실하지 않다고 하는데 어떻게 그럴 수가 있죠? 저는 그게 우연처럼 보이지 않아요."

"그게 무슨 소리야?"

하나는 잠깐 생각에 잠긴 표정을 지었다. 낯선 번호로 오픈 채팅 초대 링크를 받고, 미니어처 랜드에 입주하기까지 일주일도 채 걸리지 않았다. 회사 측에서는 입주 신청자들에게 복잡하고 까다로운 절차가

있는 것처럼 굴었지만 따져보면 모든 것이
너무 쉽고 순조로웠다. 마치 모든 것을 미리
준비해놓은 것처럼. 하나는 미처 정신을
차리기도 전에 미니어처 랜드 주민이
되어버렸고, 지금은 연순까지 함께 살고
있었다.

"왠지 모르게 무서워요. 이곳을 둘러보면
볼수록 이런 공간을 만든 사람들이 얼마나
치밀하고 무서운 사람들인지 생각해보게
돼요. 미니어처 랜드가 과연 진짜 가난한
사회 초년생들을 위한 공간일까, 저는 여기
살고 있지만 거기까진 잘 모르겠어요. 엄마는
안 무서우세요? 이선호 대표가 관여했던
가상화폐가 상장폐지되고 휴지 조각이 된
그 가상화폐 때문에 많은 사람들 집안이
풍비박산 났대요. 그 얘기를 알고 나서부터 이
대표를 전적으로 믿기가 어렵더라고요."

"아니야, 그건 하나 네가 잘못 알고 있는 거야. 이 대표가 돈만 보고 여길 만든 건 아니라고 들었어. 자기가 어렵게 자랐대. 자기 방이 없을 정도로 가난했다고, 죽도록 공부해서 기숙사가 제공되는 과학고, 카이스트에 합격했대. 코딱지만 한 월세방 전전하던 시절 생각하면서 없는 사람들도 넓고 좋은 집에서 누리고 살 수 있는 기술을 개발한 거래."

"하지만 이제 이선호 대표는 잘나가는 부자이고, 스타트업 대표로 승승장구하면서 잘살고 있잖아요. 가상화폐 때처럼 문제가 생긴다면, 그래서 누군가 그로 인해 피해를 보게 된다면 아마 이곳에 사는 사람들일 거예요."

"무슨 그런 걱정을 해? 여기가 얼마나 살기 좋은데 잘못될 일이 뭐가 있겠어?

입주민들이 또 이렇게 철통같이 보안을 잘
지키고 있으니 밖에 알려질 일도 없고."

"네, 그렇죠. 이곳에 사는 사람들이 자기가
어디에 사는지 숨기는 게 익숙한 사람들일
테니까요. 저도 어려서부터 늘 그래왔거든요."

하나가 냉소적인 어조로 말했다.

"하나야, 그게 무슨 소리야?"

"엄마, 우리 살던 동네가 마땅한 중학교,
고등학교 하나 없었던 변두리였던 거 기억
안 나요? 그래서 버스를 30분 넘게 타고
도심 가까이에 있는 학교를 다녔잖아요. 제가
다녔던 중학교에는 유명 브랜드 아파트에
사는 애들이 대부분이었어요. 저 그 애들한테
어디 사는지, 어떤 집에 사는지 말 못 했어요."

연순의 눈빛이 흔들렸다. 하나가 학창
시절에 그런 마음고생을 했는지 전혀 몰랐다.
그래도 몸이 부서져라 일해가며 최선을

다해 키웠다고 생각했는데, 이제 와서 이런 이야기를 꺼내는 게 서운하기도 했다.

"하나야, 엄마는 너한테……."

목이 메면서 말이 나오지 않았다.

"네, 알아요. 엄마를 원망하는 건 절대 아니에요. 그냥 제 처지가, 우리 처지가 그렇다는 얘기였어요. 오늘 오랜만에 중학교 때 친구를 만났는데 요즘 어디 사느냐고 묻더라고요. 제가 또 제대로 대답을 못 하고 둘러댔어요. 10년 전이나 지금이나 내 삶은 변한 게 없구나, 그런 생각이 들어서 기분이 좀 착잡해졌어요. 엄마 나 참 못났죠?"

하나가 길게 한숨을 쉬었다. 하나의 입에서 옅게 술 냄새가 났다. 속상해서 잘 마시지도 못하는 술을 마셨구나, 연순은 혼자 중얼거렸다. 연순도 가슴이 갑갑해지면서 술 생각이 간절해졌다. 연순은 식당 일을 하며 술을 배웠다. 손님이 남긴 소주를 몰래 병째 들이켜고 술기운으로 저녁 일을 하곤 했다. 독한 소주 한 병 단숨에 쭉 들이마시고 푹 잤으면 싶었다. 안타깝게도 집에 술이 없었다. 술 한 병 사자고 번거로운 절차를 거쳐 밖으로 나가기도 어려웠다. 연순은 내일 퇴근길에 소주를 한 병 사 와야겠다고 생각했다. 아니, 어차피 열 배로 늘려 먹을 수 있는 술이니 이왕이면 양주를 한 병 사두어야겠다고 마음먹었다.

하나는 한번 바깥 세계에 다녀온 후로 거의 매일 나갔다. 최근 들어 혼자서 방에 틀어박혀 가방을 만드는 일에 시들해진 눈치였다. 밖에 나가 친구도 만나고 취업 자리도 다시 알아보는 중이라고 했다. 도심 한복판에 집이 있으니 어딜 다니기도, 사람들 만나기도 너무 좋다며 웃었지만 외출 후 돌아온 얼굴에는 지친 기색이 역력했다.
취직이 생각보다 쉽지 않은 모양이었다.
소속이 없다는 게, 소득이 없다는 게 생각보다
견디기 어려운 일 같다고 하나는 우울한
목소리로 말했다.

처음에 하나는 자신이 만든 가방을
미니어처 랜드 주민들에게 팔아보려는
계획을 세웠다. 하지만 얼마 지나지 않아
자신이 어리석은 생각을 했다는 걸 깨달았다.
10분의 1로 작아진 세계에 멋스런 가죽
가방은 필요하지 않았다. 연순은 혹시 도움이
될까 싶어서 일부러 하나가 만든 가방을
들고 미니어처 랜드 곳곳을 돌아다녔다.
최고급 토고가죽으로 만든 토트백이었다.
하지만 아무도 관심을 보이지 않았다.
엘리베이터에서 만난 옆집 여자에게 이 가방
어떠냐고 묻자, 여자는 가방을 보고 대놓고

비웃기까지 했다.

"아주머니, 이 안에서 웬 명품백이에요?
어디 결혼식이라도 가세요?"

"아가씨가 보기에 이거 명품백처럼
보여요? 실은 이거 우리 딸이 만든 건데.
명품백이랑 별다를 게 없어 보이죠? 우리
딸이 여기 들어와서 만든 거야. 혹시 관심
있으면 내가 싸게 줄 수 있는데."

연순이 호들갑을 떨며 묻자 옆집 여자는
대답도 않고 집으로 들어가버렸다. 연순은
뒤도 돌아보지 않은 채 냉랭하게 가버리는
옆집 여자가 괘씸하다고 여겼다가 괜히
자신이 들고 다녀서 가방의 매력을 감소시킨
건 아닐까 하는 걱정까지 들었다.

"늙고 초라한 행색의 엄마가 들고 다녀서
볼품없어 보이는 건 아닐까? 이 가방 진짜
멋진데."

집에 들어와 연순이 속상한 기색을 보이자 하나가 웃으며 오히려 엄마를 위로했다.

"그런 거 아네요. 이 미니어처 랜드에서는 가방을 들고 출근하거나 사람들을 만날 일이 없잖아요. 근사한 가방이 있어도 보여줄 사람이 없는 거예요. 엄마, 나중에 바깥에서 보란 듯이 자랑하고 다닐 수 있는 멋진 가방 만들어드릴게요."

연순은 하나가 애써 괜찮은 척하는 게 더 마음이 쓰였다. 딸의 어깨를 한번 토닥여준 후 조용히 욕실로 들어갔다. 물기 없는 욕실을 맨발로 디디며 걸어 들어가 욕조에 뜨거운 물을 받았다. 욕조에 몸을 담그고 피로를 씻어내고 나면 몸도 마음도 한결 가벼워질 거라고 생각했다. 10분의 1의 물을 쓰면서 반신욕을 할 수 있는 이 집의 안락함이 연순은 좋았다. 미니어처 랜드에서 연순은 좋은 집에

살고, 좋은 가방을 들었다. 자신이 일하러
다녔던 부잣집 사모님들과 크게 다를 바가
없다고 생각하며, 연순은 뜨거운 욕조에
몸을 담근 채 스르르 눈을 감았다. 그 순간
이곳이 그리 오래가지 못할 거라는 하나의
말이 떠올랐다. 미니어처 랜드에서는 가방도,
친구도 필요 없었다. 주민들끼리 되도록
교류하지 않았고, 바깥 세계에서 만나도
서로 아는 척을 하지 않는 것이 규칙이었다.
연순은 이곳이 그래서 더 편하기도 했다. 바깥
세계에서 어떤 일을 하는지는 이곳에서 전혀
중요하지 않았으니까.

18

다음 날 아침, 연순은 옆집 여자와
탈의실에서 다시 만났다. 자주 마주치는 걸

보니 출근 시간이 비슷한가 보다 생각했지만
먼저 말을 붙이지는 않았다. 앞으로 연순도
여자에게 아는 척하지 않을 작정이었다.
외투를 입고 가방을 챙겨 나오려는데,
이번에는 여자가 먼저 말을 걸었다.

　"아주머니, 이거 신지유 에코백 아니에요?
이거 요새 완전 핫한 아이템인데, 어디서
나셨어요?"

　연순이 어깨에 둘러멘 가방은
신지유가 광고 모델로 활동하고 있는
비건 화장품 브랜드에서 만든 친환경
소재의 에코백이었다. 화장품 회사에서는
신지유가 그 가방을 들고 다니는 일상
사진을 올려달라며 에코백을 수십 장
보냈고, 신지유는 협찬으로 받은 에코백을
연순을 포함해 주변 사람들에게 나눠주었다.
신지유가 에코백을 메고 공원을 거니는

사진을 SNS에 올리자마자 큰 화제가 됐다는 건 연순도 들어서 알고 있었다.

"저도 받은 거라서……."

"어머, 그럼 아주머니 B브랜드 화장품 쓰세요? 이게 그냥 파는 제품도 아니고 B브랜드 화장품을 50만 원 이상 구매해야 받을 수 있는 가방인데, 전국적으로 품절 사태가 빚어져서 난리란 말이에요. 당근마켓에 내놓으면 적어도 10만 원은 받을걸요?"

"네? 이런 천으로 만든 시장 가방이 10만 원이라고요? 파는 것도 아니고 사은품이라면서요?"

"그래서 더 사람들이 안달을 내는 거죠. 매장에서 살 수도 없는 제품이니까. 신지유 가방이라는 이름이 붙어서 더 그래요. 혹시 파실 생각 있으면 저한테 파세요. 당근에

올리고, 약속 잡아서 거래하는 것도 귀찮은
일이잖아요. 저 이거 한 번만 만져볼게요.
촉감도 되게 좋네요."

옆집 여자가 가방을 쓰다듬으며 살갑게
굴었다. 연순은 여자의 갑작스러운 태도
변화에 말문이 막혔다. 그리고 이 가방을
중고로 팔면 10만 원씩이나 받을 수 있다는
얘기에 더 할 말을 잊고 말았다.

퇴근 후 돌아온 연순은 하나에게 가방을
주며 중고 마켓에 올려서 팔아달라고 말했다.

"이게, 10만 원이나 한단다. 네가 만든
최고급 가죽 가방은 거들떠도 안 보던 여자가
이 천쪼가리를 10만 원이나 주고 사겠다고
몸이 달았더라. 엄마는 당근인지 오이인지 할
줄 모르니까 네가 이거 팔아서 용돈으로 써."

하나가 말없이 고개를 끄덕이며 가방을
받아 들었다.

19

그날 밤, 하나는 탈의실에 올라가 휴대폰을 켜고 당근마켓에 신지유 에코백을 12만 원에 팔겠다는 글과 가방 사진을 게시했다. 12만 원으로 올려놓고 구매자 쪽에서 가격 조정을 요구하면 2만 원 정도 깎아줄 생각이었다. 잠깐 고민하다가 자신이 만든 미니어처 가방 사진도 함께 첨부했다.

쿨 거래 시 제가 직접 제작한 미니어처 명품백도 선물로 드려요. 너무 작아서 들고 다닐 수는 없고, 소장용으로 추천드려요.

이튿날 아침 하나가 바깥 세계로 나와 휴대폰을 켰을 때, 40개가 넘는 채팅창에서 메시지가 와 있었다. 신지유 백 구입을 원한다는 요청이었다. 몇몇은 가격을 깎기는커녕 15만 원을 줄 테니 꼭 자신에게 팔아달라는 메시지를 보내기도 했다. 하나는 수십 개의 메시지를 살펴보다가 한 채팅창에 시선이 오래 머물렀다. 하나는 휴대폰을 손에 꼭 쥔 채 얼굴도 모르는 사람이 보낸 메시지를 여러 번 곱씹으며 읽었다.

같이 보여주신 미니어처 백도 너무 깜찍하고 예뻐요. 만약에 신지유 백 다른 분께 파시게 되면 저는 미니 백만 따로 구매할 수 있을까요?

하나는 그 사람에게 신지유 에코백을 팔기로 정하고 거래 약속을 잡았다.
하나는 거래 장소로 나가 에코백과 자신이 만든 미니어처 명품백을 내놓았다.

구매자는 사진보다 실물이 훨씬 더 예쁘다며 눈을 반짝였다. 미니어처 백이 정말 마음에 든다고 말하는 구매자에게 하나가 물었다.

"이거 직접 들 수도 없는 가방인데 정말 마음에 드세요?"

"예쁘잖아요. 그리고, 샤넬이잖아요."

"매장에서 파는 정품은 아니에요. 로고 표식이 있는 것도 아니고, 그저 스타일 제품일 뿐인 거 아시죠?"

"네, 정품은 아니지만 너무 정교해서 예술 작품 같아요."

구매자의 칭찬에 하늘을 나는 기분이었다고, 하나는 상기된 표정으로 낮에 있었던 일을 전했다. 에코백을 판 돈으로 발렌타인 17년산 한 병을 샀다며 배달용 카트를 가리켰다.

"우리 엄마 맨날 소주만 드셔서 좋은 술

한번 드셔보라고 사 왔어요. 저 오늘 진짜
기분 좋거든요."

하나는 제 몸통만 한 크기의 술병을
옮기느라 낑낑대면서도 헤실헤실 웃었다.

"17년산이 무슨 좋은 술이야? 21년산도
있고, 30년산도 있는데."

"우와, 우리 엄마 그런 것도 아세요?"

"그럼 알지. 내가 한우 전문점에서 일했던
사람이야. 근데 그런 술들은 맛은 못 봤어. 안
남기고 다 먹거나 꼭 챙겨 가더라."

모녀는 건배를 하며 모처럼 환하게
웃었다. 만취하도록 술을 마시고도 술병의
술은 거의 새것처럼 많이 남았다. 하나는
자신의 가방을 원하는 사람들은 바깥 세계에
있는 것 같다며 자신이 만든 미니어처 백을
밖에서 팔아볼 생각이라고 말했다.

하나가 수제품이라는 설명과 함께

미니어처 가방을 당근마켓에 올리자 구매를
원하는 사람들이 제법 있었다. 원재료인 가죽
값을 생각해서 40만 원에서 50만 원으로
금액을 책정해 팔았는데도 사람들은 선선히
거래를 하곤 했다.

　　하나의 가방을 사 간 사람 중에는
반려견과의 일상을 SNS에 올리는
인플루언서도 있었다. 그가 키우는 개에게
하나가 만든 가방을 메게 한 후 사진을
올렸더니 반응이 폭발적이었다. #반려견백
#개샤넬 #명품백멘댕댕이와 같은 해시태그를
단 게시물이 업로드되자 댓글이 수백 개
달렸다. 댕댕이 명품백은 어디서 사나요?
저도 정보 좀……. 너무 럭셔리해 보이네요.
저도 우리 강아지에게 사주고 싶어요. 하나가
만든 가방은 금방 동나버렸고, 수제품이라
당분간은 공급이 어렵다고 하자 대기자

명단까지 생겨나버렸다.

하나는 바깥세상으로 돌아가겠다고
말했다. 이곳의 삶에 익숙해질 대로 익숙해진
연순은 하나의 말이 당황스러웠다.

"마음을 확실히 정한 거야? 여기에서
가방을 만들어서 밖에다 파는 건?"

"여기에서는 통신이 원활하지 않잖아요.
고객 응대가 실시간으로 어려울 것 같아요.
가방을 만들 수 있는 재봉틀이나 재료
들도 사실 바깥 세계에서 구하기가 쉽고요,
최종적으로는 모조품이 아니라 제가 디자인한
가방을 팔고 싶어요."

하나는 대대로 물려줄 수 있는 가방을
만드는 게 꿈이라고 했다. 그런 가방을 원하는
사람은 미니어처 랜드에 없었다. 이상하게도
연순은 자신도 선뜻 따라 나가겠다는 말이
나오지 않았다.

"엄마는, 당분간은 여기서 지내는 걸로 생각하고 있었어. 네가 여기 1년 계약했다고 말하기도 해서……."

"네, 맞아요. 엄마는 여기가 편하시면 계셔도 돼요. 계약 기간도 남았고, 출퇴근도 여기가 더 편하시잖아요."

"하나야, 엄마가 어떻게 하면 좋겠니?"

"엄마는 어떻게 하고 싶으세요? 엄마가 바라는 게 뭔지가 더 중요하죠."

연순은 머뭇거리다가 아무 말도 하지 못했다. 자신이 바라는 게 뭔지를 생각하면서 살아온 적은 단 한 번도 없었다.

'하나야, 엄마는 이런 좋은 집에 한번 살아보는 게 꿈이었어. 내가 일하러 다녔던 집의 사모님들처럼 홈드레스를 입고, 조용한 집에서 우아하게 커피 한잔을 마시는 호사가 내게도 주어졌으면 좋겠다고 생각했어.

하지만 그런 걸 꿈꾼다고 가질 수 있는 것도
아니고, 나만 초라해지는 기분이었어. 가끔 그
집 식구들이 나가고 혼자 남은 날 마치 내가
그 집 주인이라도 된 것처럼 혼자 창가에 서서
커피를 마시는 걸로 위안 삼는 수밖에.'

연순은 속엣말을 삼킨 채 희미한 웃음을
지었다.

20

연순은 몸이 커지는 캡슐 안에 들어가
눈을 질끈 감았다. 위잉 하는 소리가 울리면서
몸이 떨렸다. 전날 밤 술을 많이 마셔 속은
쓰렸지만 정신은 평소와 다름없이 맑았다.
위스키를 마셔서 숙취가 없는 모양이라고
생각하며 누운 채로 길게 기지개를 켰다.
이윽고 캡슐 문이 열리자 자리에서 일어났다.

열 배의 크기가 된 연순은 탈의실로 가자마자 휴대폰부터 확인했다.

신지유의 매니저로부터 부재중 전화가 두 통, 메시지가 한 건 와 있었다.

이모님, 오늘은 출근하지 마세요. 지금 집 앞에 기자들이 잔뜩 몰려와 있어요. 오늘 저희 집에 아무도 출입 못 하니 이모님도 오지 마세요.

무슨 일인가 싶어서 전화를 걸었지만 매니저는 계속 통화 중이었다. 연순은 고개를 갸웃거리며 포털 어플을 실행시켰다. 인터넷 창을 열자마자 신지유와 이선호의 이름만 보였다.

[단독] 신지유, 스타트업 창업자 이선호와 핑크빛 열애 중, 포털 뉴스 화면은 신지유에

대한 기사로 도배가 돼 있었다. 연순은
선 채로 스크롤을 내리며 천천히 기사를
읽어내려갔다. 신지유와 이선호가 데이트하는
사진은 물론 신지유와 이선호의 나이, 학력,
경력까지 줄줄이 공개돼 있었다.

신지유가 조심성이 없어도 너무 없다는
생각을 예전부터 해오긴 했다. 겁도 없이
남자를 집에 들이는 신지유를 보면서
기사라도 나면 어쩌려고 하나 가슴을 졸였다.
그나마 다행인 것은 기사에서 이선호가
신지유의 집에서 지낸다는 얘기는 없었다.
저녁 식사 데이트를 즐기는 모습, 차를 타고
내릴 때 이선호가 문을 열어주는 모습, 차에서
꽃다발을 꺼내 신지유에게 안겨주는 사진
등이 기사에 실려 있었다.

출근을 하지 않아도 된다는 메시지를

받고도 연순은 탈의실에 머무르며 실시간으로 업데이트되는 기사를 휴대폰으로 계속 들여다보았다. 같은 내용인데 제목만 바꿔서 여러 건의 기사가 앞다투어 새롭게 올라오는 중이었다.

이모님, 지유 씨 여권 어디다 뒀어요?
지유 씨 당분간 외국에 가서 지내기로 했어요.
어차피 열흘 뒤에 해외 촬영도 있거든요.
오늘 저녁에 바로 출국해야 해요. 지금 여권
없어졌다고 난리 났어요. 치웠으면 치웠다고
얘기를 해야죠.

매니저가 짜증 섞인 문자 메시지를 보내왔다. 연순은 메시지를 받자마자 바로 매니저에게 전화를 걸었다. 또 통화 중이었다. 신지유의 번호로도 전화를 걸었지만 전원이 꺼져 있다는 음성 메시지가 나왔다. 안방 옷장 서랍에 넣어두었다는 답신을 보낸 다음, 대화 창을 닫았다. 지난달 해외 촬영을 다녀온 신지유의 옷을 세탁하기 전 주머니를 확인할 때 여권이 나왔다. 연순은 여권을 챙겨다가 서랍장 깊숙한 곳에 넣어두었다. 쓰던 물건을 아무렇게나 내팽개쳤다가 정작 필요할 때가 되어서는 연순의 도움을 청하는 게 다반사였던 신지유가 여권을 제 손으로 찾을 수 있을까. 연순은 걱정이 됐다. "무슨 서랍장? 어떤 서랍장?" 하며 신경질을 내고 있을 신지유의 목소리가 귓전을 울렸다.

'아니야, 내가 직접 가서 찾아줘야겠어.'

연순은 신지유가 여권을 찾는답시고 온 집 안의 서랍장을 헤집을 생각을 하니 자신의 속이 뒤집힐 것 같았다.

제가 지금 갈게요. 30분이면 가요.

연순은 바쁘게 옷을 입고 밖으로 나섰다.
역에 도착해 지하철을 기다리는데 오늘따라
플랫폼에 서서 휴대폰 화면을 들여다보고
있는 사람들이 유난히 많았다. 앞뒤로 선
사람들의 폰 화면을 힐끗 쳐다봤더니 모두들
신지유에 관한 기사를 읽고 있었다.

"아주머니, 기사 보셨죠?"

갑자기 누군가 옆으로 다가와 귓속말을
했다. 놀란 표정으로 고개를 돌렸더니 옆집
여자였다.

"웬일이세요?"

"아, 맞다. 밖에서는 아는 척하면 안
되는데, 규칙 위반이다. 그죠? 그런데 이거
너무 빅뉴스라서 말을 안 하고는 배길 수가
없네요. 신지유 옆에 사진 찍힌 남자 이선호

대표 맞죠? 미니어처 랜드 만든 사람요.

기사에는 스페이스 M 얘기는 없네요.

기밀이라서 그런가?"

여자가 목소리를 낮춘 채 속닥거렸다.

심각한 말투였지만, 얼굴에 가득한 호기심은

숨기지 못하고 있었다.

"기사 보니 이 대표 생각보다 젊던데요?

저보다 열 살이나 어린데 이렇게 능력까지

있다니! 어떤 기사에는 이 대표더러 실체를

알 수 없는 스타트업 대표라고 이력이

부풀려졌다는 둥, 사기 혐의가 있다는 둥

악의적으로 흠집 내려는 내용도 있던데,

대표님이 얼마나 대단한 사람인지 알면 그런

기사 함부로 못 쓸 텐데요. 이 대표 정체를

밝힐 수 없어서 입이 근질거릴 따름이네요."

"그런 이야기가 있어요? 이 대표가

사기꾼이라고?"

"그냥 뭐 그런 설이 있다, 카더라를 짜깁기한 기사였어요. 대표님을 질투하는 사람들의 말일 뿐이죠. 저도 실은 이 대표를 백 프로 믿은 건 아니었거든요? 신지유 씨랑 절친한 사이라고 해서 그건 뻥이라고 생각했어요. 요즘 신지유가 제일 핫하니까 신지유 들먹이나 보다 그렇게 생각했는데 알고 보니 진짜 둘이 사귀는 사이였어! 대표님 데이트할 때는 이렇게 차려입고 다니시나 봐요. 머리도 숍에서 만진 것 같은데, 바쁜 와중에 연애까지 참 열심히 하시네요."

옆집 여자는 대화에 봇물이 터진 듯이 연순이 묻지도 않은 내용까지 떠벌렸다. 연순이 얼굴을 찌푸리며 물었다.

"잠깐만요, 이선호 대표가 신지유 씨 이야기를 했어요? 절친한 사이라고? 언제 그런 말을 했어요?"

"네, 둘이 엄청 친하다고. 신지유 씨가 이곳에 이사 올 수도 있다 입주 상담 때 그런 말 하시더라고요. 신지유가 환경보호에 관심이 많아서 이곳에 오면 자원을 10분의 1로 획기적으로 줄일 수 있으니까 이주를 고려하고 있다고. 그래서 앞으로 분양권을 판매할 계획이라고, 월세보다는 분양권을 사는 게 낫지 않느냐는 말도 하셨죠. 저도 정말 대박이라고 생각했어요."

"그래서요? 분양권 사셨어요?"

"그게…… 실은 제가 수중에 가진 돈이 별로 없어서요. 월세도 겨우 내고 있는 형편이라……. 서울 시내 집값의 10분의 1이라고 해도 그럼 1억이 넘는 건데 저한테 그만한 돈이 없어서요. 이 집은 대출이 나오는 것도 아니고."

여자의 말을 듣고 보니 기사의 사진이

조금 다르게 보였다. 연순은 사진 속 두 사람의 모습이 이상하다는 생각이 들었다. 신지유는 연인과 같이 살다시피 하는 건 거리낌이 없었지만 밖에서의 데이트는 극도로 꺼렸다. 특히 다른 지인들을 동반하지 않고 밖에서 단둘이 밥을 같이 먹는다거나 길거리에서 스킨십을 한다는 건 신지유답지 않은 행동이었다. 연순은 기사에 나온 사진을 크게 확대시켜봤다. 석연치 않은 점이 한두 가지가 아니었다. 평소 머리가 덥수룩한 채로 캐주얼한 복장을 즐기던 이선호도 데이트 사진에서는 명품으로 멀끔하게 차려입은 모습이었다. 더군다나 고개를 숙이고 머리카락으로 얼굴을 가린 신지유와는 달리 이선호는 머리를 뒤로 넘겨 평소보다 얼굴이 잘 드러난 모습이었다. 주변을 의식하고 경계하는 듯한 신지유와는 달리 이선호의 행동은 자연스럽고 멋스러워 보였다.
이선호가 카메라의 위치를 알고 또렷이
응시하는 것처럼 보이는 사진도 있었다.
이선호를 믿을 수 없는 사람이라고 했던
하나의 말도 떠올랐다. 에이, 설마 아니겠지.
연순은 혼잣말을 중얼거렸다.

　"뭐가 아니에요? 그냥 저는 분양권까지는
욕심이고, 여기에서 이렇게 살 수 있는
것만으로도 만족해요. 게다가 우리야말로
제로 웨이스트를 실천하는 사람들이라고요.
아주머니는 어떠세요?"

　"네, 그렇죠. 저도 만족해요. 하지만,
이곳이 정말 각광받는 주거지가 될 수
있을까요? 저는 잘 모르겠네요."

　연순은 늘상 최소한으로 줄이고,
줄이면서 살아왔다. 없는 형편에 어쩔 수
없는 방편이었던 것일 뿐인데 이제는 그것이

미덕인 사회가 됐다. 10분의 1로 축소된 인간으로 살면서 산소도 덜 쓰고, 음식도 덜 소비하고, 똥도 덜 싸는 혁신적인 환경보호 방법이 있다는 걸 신지유가 알게 되더라도 과연 이곳에 입주하려고 할까. 그리고 신지유를 추종하는 대중이 알게 된다면 어떤 반응을 보일까. 그들은 과연 최소한의 삶에 환호할 수 있을까.

연순이 잠깐 생각에 잠긴 사이, 지하철이 들어왔다. 여자는 연순에게 말을 더 걸고 싶어 했지만, 만원 지하철 안에서는 더 이상 대화를 나누기가 어려웠다. 여자는 두 정거장 지나 잠실역에서 내리면서 연순을 향해 손을 흔들었다.

연순이 탄 열차는 잠실을 지나 지상 구간으로 진입했다. 연순은 지하철 창가에 붙어 선 채로 스쳐 지나가는 바깥을

바라보았다. 선로 바깥에 즐비하게 서 있는
아파트와 수많은 집 들이 오늘따라 생경하게
다가왔다. 이렇게 스쳐 지나갈 수만 있을 뿐
영원히 내 것이 될 수 없는 집이었다.

여권 찾았어요. 안 오셔도 돼요.

지하철에서 내려 출구 계단으로 올라가던
중에, 신지유 매니저로부터 메시지가 왔다.
연순은 잠깐 멈춰 섰다가 방향을 돌려
계단을 내려갔다. 아래로, 아래로, 한 걸음씩
내디디면서 허탈한 감정이 몰려왔다. 내가
아니면 신지유는 아무것도 할 수 없을
거라고, 그러니 내가 더 발 벗고 나서줘야
한다고, 연순은 신지유를, 신지유의 집을
돌보면서 생각해왔다. 그것이 착각이라는 걸
모르지 않으면서도 그런 마음을 부여잡는 게

연순에게는 필요했다.

　인생은 신지유처럼, 연순은 플랫폼에 선
채로 요즘 젊은 사람들 사이에서 유행하는
말을 떠올렸다. 하나까지 그 말을 자주 입에
올려서 속상한 적도 있었지만, 하나가 신지유
같은 연예인이 되고 싶어서 그런 건 아니라는
걸 연순도 안다. 그저 자신이 원하는 걸
선택할 수 있는 삶이 부러운 거였다.

　2호선 순환 열차의 문이 열렸다. 연순은
지하철에 올랐다. 돌고 도는 순환선을 탄
연순이 정한 목적지는 미니어처 랜드였다.
지금 연순에게 그보다 나은 선택지는 없어
보였다.

21

　신지유의 열애설로 밖은 시끄러운 가운데,

미니어처 랜드는 동요 없이 고요했다. 10분의 1로 작아진 연순이 집으로 돌아왔을 때 하나는 카트에 짐을 싣고 있었다. 미니어처 랜드에서 쓰던 재봉 도구들과 남은 가죽 조각들이었다.

"하나야, 이게 뭐야? 너 오늘 바로 떠나는 거야?"

"네, 마음먹었을 때 당장 떠나는 게 좋을 것 같아요. 관리자에게 문의했더니 계약 기간이 남아서 엄마는 그대로 머무셔도 된대요. 엄마, 우리 이젠 밖에서 만나요."

연순은 걱정스러운 얼굴로 물었다.

"밥이라도 한 끼 먹고 가지. 혼자서 잘 지낼 수 있겠어? 엄마가 같이 안 나가도 괜찮겠어?"

"그럼요, 엄마. 엄마야말로 몸조심하세요. 저는 이제 이곳에 다시 올 수 없어요. 우리 살던 집, 우리 집은 그대로이니까 언제든 오세요. 비밀번호도 그대로 둘게요."

하나가 어른스러운 말투로 말했다. 연순은 자신보다 키가 큰 딸의 얼굴을 올려보다가 손바닥으로 한번 쓰다듬어보았다. 자신이 곁에 없어도 하나는 씩씩하게 잘 헤쳐나갈 거라는 안심이 들면서도 눈시울이 뜨거워졌다.

하나는 밝게 웃으며 작별 인사를 건넸다. 연순은 하나를 꼭 끌어안았다. 아마도 10분의 1의 힘이겠지만, 연순은 자신이 낼 수 있는 온 힘을 다해 하나를 힘껏 껴안았다.

연순은 하나를 외부로 통하는 엘리베이터 앞까지 배웅했다. 하나는 손을 흔들면서 미니어처 랜드를 떠났다. 연순은 아무도 없는 집으로 되돌아왔다. 하나가 떠난 자리는 허전했지만, 어쩐지 홀가분한 기분이 들기도

했다. 연순은 이 집의 고요함이 마음에
들었다.

연순은 집 안 곳곳을 춤을 추듯 거닐었다.
당분간 자신에게 주어진 휴가를 즐기기로
마음먹은 연순은 콧노래를 흥얼거리며 침구를
정리했다. 한번쯤 이런 집에 혼자 살아보는
것만으로도 충분한 호사다 싶었다. 앞으로는
멀리 있는 것을, 너무 큰 것을 바라지 않기로
했다. 서울 시내 자가 마련, 그런 허황된 꿈만
꾸지 않는다면 충분히 행복해질 수 있을 거란
생각이 뒤늦게 들었다. 여기에서 오래오래
살고 싶다고, 가능하다면 이곳이 죽을 자리가
되는 것도 나쁘지 않겠다고 생각했다. 연순은
커튼을 활짝 열어젖히고 햇살을 받으며
커피를 마셨다. 모카골드 믹스커피 한 봉을
10분의 1로 소분한, 유난히 달짝지근하면서도
뒷맛이 텁텁한 커피였다.

작가의 말

어느덧 서울은 내 인생에서 가장 오랜 시간을 보낸 도시가 됐다.

그러나 나는 여전히 서울이 낯설다.

서울을 갈망하는 마음과 서울을 미워하는 마음으로 이 소설을 썼다.

처음에는 가벼운 마음으로,
재미있는 이야기를 써보자는 계획으로 시작한 소설이었는데

소설을 쓴다는 것이

한 권의 책을 세상에 내보내는 일이

결코 가벼운 일이 될 수 없다는 걸 다시금

깨달았다.

이 모든 과정에 애정을 담아 함께해준,

곽선희 편집자에게 특별히 고마운 마음을

전한다.

가벼운 책 한 권을,

무거운 마음으로 내놓는다.

내 손을 떠난 이 소설을

부디, 재미있게 읽어주시기를 바라는

마음이다.

2024년 1월

김유담

wefic – 47

스페이스 M

초판 1쇄 인쇄 2024년 2월 1일
초판 1쇄 발행 2024년 2월 21일

지은이 김유담
펴낸이 이승현

출판2 본부장 박태근
스토리 독자 팀장 김소연
편집 곽선희 김해지 이은정 조은혜
디자인 이세호

펴낸곳 ㈜위즈덤하우스 **출판등록** 2000년 5월 23일 제13-1071호
주소 서울특별시 마포구 양화로 19 합정오피스빌딩 17층
전화 02) 2179-5600 **홈페이지** www.wisdomhouse.co.kr

ⓒ 김유담, 2024

ISBN 979-11-6812-748-7 04810
979-11-6812-700-5 (세트)

값 13,000원

한 조각의 문학, 위픽 (wefic)